『ショップ』スキルさえあれば、
ダンジョン化した世界でも
楽勝だ
4
～迫害された少年の
ざまぁライフ～
十本スイ
Illustration
夜ノみつき
ヨーフェル
イオル
JN031694

大切な仲間たちとの
団欒――！

CONTENTS

"SHOPSKILL" sae areba

Dungeon ka sita

sekaidemo rakusyou da

ダッシュエックス文庫

『ショップ』スキルさえあれば、ダンジョン化した世界でも楽勝だ4
～迫害された少年の最強ざまぁライフ～

十本スイ

CHARACTER

坊地日呂(ぼうちひろ)

スキル『ショップ』を手にした高校二年生。
ダンジョン化していく世界を、
知恵とスキルで生き抜こうとしている。
他人を信用していないが、情のある少年。

ソル

日呂が『ショップ』で購入した使い魔。
もふもふで、日呂によく懐いている。
好物はマッシュポテト。火も噴ける。
変身薬によって人の姿になることも。

シキ

日呂が購入した2体目の使い魔。
お堅い性格で忠義に厚い。
忍装束を纏い、忍術を駆使する。

十時恋音（とときこいね）

日呂の同級生だった少女。

王坂のせいで孤立していた日呂を心配していたが、何もできない自分を責めていた。

妹の窮地を日呂に救われ、感謝している。

十時まひな（ととき）

素直であどけない、恋音の妹。

避難していた公民館が王坂たちに占拠され、人質にされていたが、日呂によって救われた。

鳥本健太郎（とりもとけんたろう）

日呂が変身薬によって変身した姿の一人。

再生師を名乗り、『ショップ』で購入した高額アイテムを再生薬と称して用い、足が不自由だった環奈を治療した。

CHARACTER

大鷹蓮司（おおたかれんじ）

武装集団『平和の使徒』のリーダー。
有志の市民で結成された集団を
統率している。
元傭兵で良識と頼りがいのある男。

福沢丈一郎（ふくざわじょういちろう）

『白ひげ先生』と呼ばれて慕われる医師。
足の不自由な愛娘・環奈の治療方法を
探す中で鳥本と出会い、
良好な関係を築いている。

福沢環奈（ふくざわかんな）

丈一郎の娘で、天真爛漫な女の子。
事故で足が不自由だったが鳥本によって
治療され、以後鳥本のことを慕っている。
ソルのことが大好きで、隙あらばモフる。

イズ

日呂が購入した3体目の使い魔。
膨大な知識を持っていて、
『空飛ぶ図書館』とも呼ばれている。

ヨーフェル

異世界より現れたエルフの少女。
弓の扱いに長けており、狩りが得意。
弟のイオルをとても大切にしている。

イオル

ヨーフェルの弟。
姉を慕っている可愛らしい男児。
実は強力なユニークスキル持ち。

プロローグ

“SHOPSKILL”
sae areba
Dungeon ka sita
sekaidemo
rakusyou da

鬱蒼と茂った森の中。迷彩服を着た男が一人、周囲を異常に警戒しながらゆっくりと歩んでいた。

その手には小銃が構えられ、いつ敵が現れてもいいように、銃口を周囲へ向けている。

男は大木を背にすると、大きく深呼吸をした。痛いほどの沈黙の中、男の息遣いだけが静かに響く。

すると次の瞬間、どこかから物音がし、男は反射的にそちらの方に身体ごと銃を向けた。

………しかし、そこには枯れ葉だけが彩る地面しかない。

男が気のせいかと、溜息を吐いて銃を下ろしたその時、頭上から大きな物体が男の背後へと降り立った。そのまま男は、羽交い締めにされ、さらに首に鋭い刃が突き付けられる。

「っ………ま、参りました」

男は敗北を認めたように、銃をその場に落として両手を上げた。

すると男は解放され、そのまま脱力して両膝を地面につき、背後にいるであろう人物に顔を向ける。そこには同じように迷彩服に身を包んだ一人の大男が立っていた。

「はぁ……やっぱボスには敵いませんでしたね」

よく見れば、彼らの周囲には、大勢の迷彩服を着た男たちがいた。そのほとんどは息を殺しながら死んだように横たわっていて、二人のやり取りを見守っていたのである。

「ったく、まだまだだな、お前らは。周囲の警戒が甘過ぎる。言ったろ、頭上もちゃんと警戒しろってよぉ」

膝を折った男に対し、ナイフを突きつけた男――大鷹蓮司が注意を促す。

命のやり取りに見えた、殺伐としたこの状況だったが、実はこれは彼らが日常的に行っている訓練であった。

所持している銃も、実弾ではなくペイント弾が装填されており、撃たれても赤い液体が身体に付着するだけで怪我などはしない。

先ほどから横たわっている連中の身体には、なるほど、そのペイント弾を受けたようで、赤い液体が身体の一部を覆っていた。

「はは……てか、ボスが強過ぎなんす。まったく気配とかしないし……。てかボス一人に俺ら全員でかかったのに見事全滅って……ボスはバケモンっすか？」

そうだそうだ、と横たわっていた連中が起き上がりながら文句を言い始める。

「うっせえ、誰がバケモンだ、誰が。まあそれでも、大分動きはマシになってきたけどな。そこは褒めてやろう」

大鷹は元傭兵で、他の男たちと比べて戦闘経験値が段違いである。そして彼の存在は、今の世の中にとって貴重ともいえた。

それは何故か――。

今からおよそ四カ月以上前、世界が突如変貌を遂げた。世界のあちこちで、ダンジョン化と呼ばれる現象が起き、そこに異形なる者たちが姿を現したのである。

それらはゴブリンやスライムなど、まるでゲームに出てくるようなモンスターで、人間社会をあっという間に侵食した。

そのせいで世界は混乱。大勢の人間が命を失い、今もなおダンジョン化やモンスターに苦しめられている。

そんな中、少しでも前の生活を取り戻そうと、戦う者たちを組織し、ダンジョンを攻略する集団が現れた。

その一つが、大鷹がトップを務める『平和の使徒』である。彼らのお蔭で、力を持たない者たちが多く救われている。

「ほら、いつまでそうしてるつもりだ？　もう一度やんぞ。さっさと準備しやがれ、野郎ども」

「うへぇ、マジすか。もうこれで立て続けに五回目の演習なんすけど……」

大鷹の仲間たちが、次々と休憩が欲しいと駄々をこねだす。そんな彼らに、大鷹は大きな溜息を吐くと、

「仕方ねえな。じゃあ十分休憩な。その間に今度はちゃんと作戦を――」

大鷹が続きを話そうとしたその時、「ボス！　ちょっとこっちに来てくれ！」と、彼を呼ぶ仲間の声が響いた。

仲間の要請を受けて、その声に向かっていった大鷹が目にしたのは――。

「あん？　おいおい、こんなところでマジかよ」

明らかに人と思われる者がうつ伏せに倒れていたのである。第一発見者である仲間によると、どこかからフラフラと現れたと思ったら急に倒れたらしい。

「……ずいぶん変な身形だが。おい、大丈夫か？」

まるでファンタジーのゲームに登場してきそうな身形をしていて、髪も眩しいほどの金髪だったために、少しためらいがちに大鷹は話しかけた。

すると大鷹の声に反応したのか、倒れていた人物はのっそりと身体を起こす。

そこで大鷹だけでなく、その場にいた全員が息を呑む。何故なら、その人物は、まるで絵に描いたような美しい顔立ちをした女性だったからだ。

それに確実に日本人ではないことも一目で理解した。

大鷹は「外国人か」と呟くと、すぐさま英語で安否を気遣うように話しかけた。単純に英語

なら通じるとでも思ったのだろう。

しかし——。

「——H$&＊%6P@?」

返ってきた言葉は、大鷹の知る言語のニュアンスの欠片もなかったのである。

第一章 ≫ 賢者なる白鴉

“SHOPSKILL” sae areba Dungeon ka sita sekaidemo rakusyou da

「う～ん……う～ん…………う～ん」

俺は今、世話になっている福沢家で、自身に与えられている部屋のベッドの上に座り込み、目前に出ている〝SHOP〟の画面を見て唸っていた。

「殿？　先程からずいぶんと悩まれているご様子ですが」

俺の護衛役として購入した『使い魔』のシキが、心配そうに声をかけてきた。普段彼は俺の影の中に潜み、いつ何時でも俺を守れるように傍にいるのだが、今は外へと出て、クナイやら手裏剣やらの手入れをしていたのだ。

シキはモンスターであり、カマキリが擬人化したような姿をしているが、黒い装束や佇まいから、最早忍者にしか見えない。

ちなみにもう一体の『使い魔』である、梟型のソルは、情報収集のために空の散歩である。

「もしや、また何やら新たな商売でも思いつかれましたかな？」

「いや、そういうんじゃねえよ。実はな、金も結構貯まったし、そろそろ本格的に引っ越しを考えようかって思ってな」

「ここを出ていかれるということですな。しかしどこか当てでも?」

「既存の場所にはねえな」

「? ではどこに行かれると?」

「――無人島」

「無人島……ですか?」

シキがキョトンとしながら聞き返してきた。

俺はシキに対し、何故そんな案が出てきたのかを説明することにした。

現代世界は、人間の天敵ともいえるモンスターの存在がある。今はまだそこまで絶望的に強いモンスターと遭遇(そうぐう)していないが、今後はどうか分からない。

そんな世界で生き抜くためには力が必要であり、幸いにも、俺――坊地日呂(ぼうちひろ)には、通常の人にはない能力が備わっていた。

それが《ショップ》というスキル。まるでゲームのような能力ではあるが、この力のお蔭で、これまで生き延びてこられたのだろう。

地球上のありとあらゆるものを金で、ネットショップみたいに購入することができるし、さらには異世界にあるようなファンタジーアイテムなども買うことが可能。シキやソルたちも、そうやって手に入れた。

金集めは大変だが、金さえあれば、たとえ世界が終末に向かっていたとしても生きていけるのである。

だから俺は、この世界で様々な商売をして、これまで多くの資金を調達してきた。食材などの物資を売ったり、武器や薬、さらには依頼に応じてダンジョンを攻略したりもしてきたのだ。

そしてファンタジーアイテムを使って、福沢家の人間を救ったことで、こうして見返りという形で住まわせてもらっていたのだが、そろそろ自分だけの拠点を築くのもいいと考えていた。

核シェルターのような優れた防備性が整っている拠点が一番良い。できれば周りには他の人間がおらず、自然に囲まれたような落ち着ける空間で過ごしたい。

その理由として、俺が人間を心の底から信用していないからだ。だから基本的に煩わしい者たちと関わり合いになりたくない。

関わるのはメリットがある時だけにしたいのである。

そんなわけで、拠点に相応しい対象を探すために、〝ＳＨＯＰ〟の検索ワードで調べてみると、やはり様々なものがあった。

ウサギ小屋のような頼りない拠点から、それこそ要塞のようなものまで幅広い。本当に何でも売っているのである。そこで俺は無人島に目を付けた。

無人島ならば誰もいないだろうし、緑豊かな場所を選べば問題ない。

「そうして手に入れた無人島で悠々自適な暮らしを謳歌したい」

のんびりスローライフ。周りには信頼できる者たちだけを置き、ゆったりと時を過ごしていく。何て最高なんだろうか。

「なるほど。しかしならば、何も購入せずとも、既存のものを利用すればよろしいのではないですかな?」

説明を聞いたシキが、至極当然の疑問をぶつけてくる。

「いいや、既存の建物とか敷地だとダンジョン化の危険性があるだろ?」

「む……」

「購入した無人島なら、その心配はないらしいんだよ」

「そういうことでしたか。確かにダンジョン化が起きないのであれば、その利点は大きいですな」

拠点にした無人島が突然ダンジョン化して、モンスターに不意を衝かれたり、トラップにかかり、結果的に死んでしまうなんていう状況は勘弁だ。

「しかし無人島まで売っているとは、殿のスキルは底が知れませぬな」

「最初は売ってなかったけどな。この前、上級ダンジョンを攻略しただろ? その時にアップデートの条件が達成されて、無人島とか購入できるようになったみてえなんだよ」

この《ショップ》スキルというのは、どうやら購入できるものに関して段階があり、その都度ミッションのようなものが発生し、それをクリアすることで購入幅が広がっていくらしい。

「そんでだ。その無人島のことで悩んでるんだよ。どんな規模で、それにどこに無人島を設置すればいいのか……とかな」

「ふむ……しかし日本であることは間違いないのですよね？」

「それもなぁ……特にこだわりはねえんだわ」

「そうなのですか？　しかしあまり遠くに設置すると、商売を続けるのに些か面倒ではありませぬか？　それとも今まで行ってきた商売は止めると？」

「いいや、金は幾らあってもいいからな。これまでみたいに積極的に商売を続けていくことは減るかもしれねえけど、お得意様とは繋がっておくつもりさ」

悠々自適とはいっても、生活していくには金がかかるし、完全無欠の生活が保障できるまでは商売は続けるつもりだ。

「それについては便利なもんが……アップされたんだけどよ」

俺はジッと〝SHOP〟の画面を見つめ、思わずニヤリと笑みを浮かべる。

そこには〝スキルの種〟と書かれていた。

そして売りに出されているのは《衝撃》と《腐道》の二つ。

今までスキルの欄などなかった。しかし確認してみると、新しい商品としてアップデートされていたのである。

ちなみにこの二つは、最近目にしたスキルでもあった。

件の上級ダンジョンを攻略した際に関わった、二人の人物が所持していたのである。

「スキルまで購入できるとは、さすがは殿。感服致します」

「まあ、バカ高いけどな」

《衝撃》は五億。《腐道》にいたっては十五億と信じられない額である。

調べてみると《衝撃》は普通のスキル枠だが、《腐道》はユニークスキル枠なのだ。俺の《ショップ》もユニークスキル。そりゃ高いわけである。

スキルが増えるのは嬉しいが、さすがに今、そう簡単に手を出せる金額じゃない。いずれ余裕が出たら購入を考えても良いが。

しかしまだ二つだけしかアップされていない。このことから推察するに、恐らく俺が実際のこの目で見たスキルしかアップされないのではなかろうか。

ということは、これからもスキル持ちと出会うと、その都度アップされるというわけだ。これは楽しみになってきた。

「便利なものというのはスキルのことですかな？」

「いや、俺が言ってるのはこの――《テレポートクリスタル》だな。これがあれば、どこにいても一度行ったことがある場所ならテレポート……つまり瞬間移動することができるんだよ」

「おお、ではどこに無人島を設置したとしても、商売をしたくなったらいつでも日本へ戻って来られると」

「そういうこと。だからあとは無人島の購入と設置場所なんだけどなぁ。特に設置場所だ。できれば波も気候も穏やかで、凶暴なモンスターがいない場所が良い。ほら、せっかく手に入れた無人島が壊されたりするのは嫌じゃんか」

「確かに。それに環境が厳しいところでの生活は苦しいものですからな」

となればやはり南方になるかな……あったかいだろうし。

寒いのはあまり好きじゃない。もう時期的に日本は冬。できれば早いうちに移動しておきたい。

「ただ環境で無人島が壊されたくないのであれば、先日手に入れた例のアレを使ってはいかがですか？」

「先日？」

「はい。――ダンジョンコアでございます」

「！　……コアか」

ダンジョンにはコアと呼ばれるものが存在する。それはダンジョンを構成する核で、破壊すればダンジョン化が解ける。

そのコアを、先日の上級ダンジョンを攻略した時に手に入れていたのだ。

「ダンジョン化すれば、コアさえ破壊されなければダンジョンは壊滅致しません。壊れた場所があっても、時間を置けばすぐに修復するようですし、死んだモンスターがいてもリスポーンします」

「……それは確かに便利だな」

　失念していた。ダンジョンという存在は、コアさえ無事なら無敵なのだ。

「う～ん、できれば十億で売れるから、そっちでも良かったんだけどな。拠点の安全性を考えると、使っちまった方が賢いかもしれねえ」

　コアは十億という大金で売却することができるので、使ってしまうのはかなり心苦しいが、シキの言う通り、ダンジョンを拠点とする考えは捨てがたいものだ。

「…………よし！　ここはシキの提案に乗るとするか」

「よいのですか？　某はただ思うままに口にしただけなのですが」

「はは、いいんだよ。お前の考えはきっと正しい。拠点を得られても脆かったら意味ねえし。ダンジョンなら周囲の環境がどんだけ激しくても関係ねえだろ？　ナイスアイデアだぞ、シキ」

「ありがたきお言葉。ではさっそく？」

「おう。大体の設置場所の候補はあるからな。今からそっちに向かう」

「ソルはどうされますか？」

「あー《念話》が届かねえってことは、結構遠くまで情報収集に行ってるってことだしな。……まあ、アイツにはあとで報告してやるってことで」

「分かりました。ですが海へとどうやって向かわれるので？」

「それはさっきも言ってた……コレだ」

俺は《ボックス》からサファイアのような輝きを持つ菱形の石を取り出す。

「むむ？　それは……」

「──《テレポートクリスタル》。コイツを手に持って、一度行った場所を思い浮かべながら……」

俺はそう言いながらシキの身体に触れて、

「……砕く」

手に持っていた《テレポートクリスタル》を握り潰した。すると目に見えていた景色が一瞬で変化し、目の前には広大で青々とした海が広がる。

「こ、ここは……っ!?」

シキが驚くのも無理はない。足元には白い砂浜、振り返ると断崖絶壁が見えているのだから。

「驚いたろ？　ここは沖縄の【与那国島】だ」

「よ、よなぐに？」

「日本の最西端の島だな」

飛行機で那覇から約90分、石垣島からでも30分ほどかかる絶海の孤島。

「もっとガキの頃にな、親父に連れてきてもらったことがあったんだよ。親父は旅好きでな。いろいろ連れ回されたっけなぁ」

　小さい頃、日本のいろいろなところに半ば強制で観光させられた。北は北海道から南は沖縄まで。ただ外国はない。親父は日本語が通じないところは落ち着かないということで、一度も行った経験はなかった。

「まあそれでもこうしてあの経験があったから来ることができたんだけどな」

「はぁ……ここが沖縄。確かに聞いた話の通り、暑い場所ですな」

　シキが頭上に燦々と輝く太陽を見ながら溜息を零す。

「それで殿、このあとはどうされるのですか？」

「こっから登場するのも、新しくアップデートされた商品だな。……よっと、コレだ」

　俺が再度《ボックス》から取り出したのは――。

「……本、ですかな？」

「本、だな」

「……デカイですな」

「デカイ、な」

　取り出したる本は、普通の本と比べても別格に大きい。

　何といっても、縦三メートルに横幅が二メートルあるのだ。

　それが目の前でフワフワと宙に浮いているのだから不思議でしかない。

「ここに乗るんだ。ほら、シキも」

「しょ、承知」

さすがのシキも、少し不安気な様子で本の上に乗った。

あとは俺の意思次第で、自在に空を飛行することができる。

これが――《ジェットブック》。空飛ぶ本である。

「…………何故本なのですかな？」

「何でだろうな……」

それはまったくもって俺にも分からない。まあとにかく、こうして空を自在に動き回れる移動手段が手に入っただけで俺は満足だが。

ただ一億もしたので、結構な出費にはなった。しかしその気になれば、これは盾としても有効活用できるらしく、そう考えれば重宝できる代物だ。

俺はそのまま本の上に腰を下ろすと、

「じゃあ飛ばすからな」

そう言うと、シキは俺の後ろにピタリとつく。

すると本が飛行を開始し、徐々に速度を上げていく。

説明によると、その名の通りジェット機のような速度で進むことができる。しかも乗っている者には、風の影響などを受けない仕様になっているという不可思議アイテム。さすがはファンタジーとしか言いようがない。

時速でいうと８００キロから９００キロくらいの速度だ。本来なら当然本の上から吹き飛ばされる速さである。

耐えてても間違いなく息はできねえだろうし、髪の毛とか全部抜け落ちそうだよなぁ。

それどころか皮膚全部が持っていかれるかもしれない。気が付けばスケルトン。嫌な死に方である。まあさすがにそんなことは起きないだろうが。

そうして俺は、まったく風圧を受けずに、物凄い速度で小さくなっていく与那国島を後にする。

「これは方角的にはどちらへ向かっているのですか？」

「一応東だな。このまま南に行くとフィリピン方面だし、そこからできるだけ離れたい」

「では最初からもっと東の方から出発した方が良かったのではありませぬか？」

「…………いや、ほら、せっかくだから沖縄に来てみたかったというか、な」

正直勢いのままに来てしまったとしか言えない。確かに考えてみれば、千葉とかそっち方面から出発した方が、確実に効率は良かった。

「ま、まあ滅多にできねえ空の旅だし。こういうのも良いじゃんか！」

「そうですな。某は殿が楽しければそれで満足なので」

ああ、本当に良い奴。『使い魔』はマジで最高だわぁ。

多分人間だったら、白い目で見られるようなところも、コイツやソルなら否定せずに温かい目で見てくれるから。

しばらくただただ東へ突き進んでいたところ、周りにはもう何一つない真っ青な水平線だけが広がっている場所までやってきた。

「ここらでいいだろ。それじゃ購入した無人島を取り出すか」

俺は《ボックス》を開き、無人島を取り出した。すると、ゲームのように、あたかも最初からそこにあったかのように、目の前に無人島が現れたのである。

「「おお～！」」

思わず俺とシキは二人して感動の声を上げた。海岸線には砂浜や岩礁などがあり、草原エリアや森エリアなどがあって、実に開拓のし甲斐がある。

「それにしても結構な規模ですなぁ」

「まあな。大体六千坪だ」

「六千!?　それはまた豪快な……」

ただこれだけの規模で二億というのは安い方だった。

「いいないいな、何だかこうワクワクしてきたわ」

まるで一国の王にでもなった気分だ。この島が丸ごと自分の領域だと思うと、やはり男心を大いにくすぐられる。

「まずは中を探検だな」

ゆっくりと飛行しながら無人島を見て回っていく。

森に入ると、見たこともない木々や草が茂っている。異世界の島を購入したということもあって、地球上には存在しない植物ばかりだ。

中にはリンゴに似た果実を実らせている木や、ヤシの実のようなものをつけた木なども生えている。草や花もどれも図鑑では見たことがないものだらけ。

さすがに六千坪となると広々としていて、どうせなら見晴らしの良い場所に自分の生活拠点を作りたい。

そういうことで、高台になっている草原エリアへと足を踏み入れた。

「うん、こっからなら海も見えるし風も気持ち良い。ここに家を建てるか」

「家もご購入されたのですか？」

「いいや、家は——コレだ」

それは——実家だった。

家族との思い出が詰まった場所なので、そのまま放置はしたくなかった。だから《ボックス》に収納し、こうしてここまで持ってきたというわけである。

「何かすげえ違和感があるけど、まあ……俺の島だし、いいだろ」

無人島の草原にポツンと一軒家というのは、非常に不可思議な光景に見えるが、それもまた味があると思って良しとした。

「さて、あとはコレなんだがなぁ」

そう口にしながら手にしているのはダンジョンコアである。

ダンジョンを造りたい場所にコアを設置するだけでダンジョン化することができるらしい。

しかし分かりやすい場所にコアを置くのは危険だ。外敵から容易に手が出せない場所に設置する必要がある。

「となると……やっぱりコアモンスターの方が良いかもなぁ」

コアがモンスター化した存在のことである。動けて身を守ることもできるモンスターの方が何かと都合が良い。

「えと……そういう場合どうすればいいんだっけ？」

コアの説明を思い出しながら「ああそうだった」と声を上げ、コアをそのまま地面に置いた。

すると目の前に〝コア設定を行いますか？　ＹＥＳ　ｏｒ　ＮＯ〟と出たので、〝ＹＥＳ〟を押して指示通り進んでいく。

〝コアモンスターを設置しますか？　ＹＥＳ　ｏｒ　ＮＯ〟

当然〝YES〟を押すと、次にモンスターの選択肢がずらーっと出てきた。

さすがにSランクはいなかったが、AランクからFランクまで幅広いモンスターを選択することができるようだ。

しかし俺の目に留まったのは、あるモンスターである。

そのモンスターにコアモンスターとして設定すると、

――ボボンッ！

目の前にそいつが現れた。

「こ、こやつは……!?」

反射的に警戒態勢を取るシキ。まあ仕方がないだろう。

何せつい先日、命の奪い合いをした相手なのだから。

「グラララララ……」

身の丈十メートルを有し、真っ黒なボディ、両手には二本の金棒を持つ。

そう――ブラックオーガだ。

「コイツの実力は言うまでもねえしな。コアモンスターとして立派に仕事してくれるだろ」

「なるほど。確かにこやつなら申し分なさそうですな」

攻守に優れた、現段階で最強のコアモンスターである。

強さだけならシキの方が適任かもしれないが、コアモンスターはダンジョンから離れることができない。彼にコアを与えたら、また新たに護衛役のモンスターを購入する必要があるのだ。

それは少し勿体無い。


〝モンスターを設置しますか？　ＹＥＳ　ｏｒ　ＮＯ〟


次は、ダンジョン化した無人島に、徘徊させるモンスターを選択するようだ。俺は選択画面を見ながら、目の前に次々と選択したモンスターを出現させていく。

ダンジョンモンスターは喋ることができないが、俺の言葉を理解することはできるらしい。

なので……。

「よーし、お前らにはこれから無人島の開拓を行ってもらう。漁ができる環境作りや、畑作り、家作りなど様々だ。だがお前らにはそのノウハウはねえ。ということで――出てこい」

俺は《ボックス》を開き、ある〝存在〟を取り出した。

白煙とともに俺の前に出現したのは――。

「この度はわたくしを『使い魔』にして頂き、心から感謝致しますわ、主様」

――一羽のカラスだった。

しかしその毛並みは、一片の汚れもない美しい純白に包まれている。

世にも珍しい白い羽毛を持つカラスだ。

日本でもたまに話題に上がったりするが、当然この子はただのカラスではない。

その名は——ワイズクロウ。

とても賢く、膨大な知識を有し、別名『空飛ぶ図書館』とも言われる存在。

戦闘力はほとんど期待できないが、異世界でも珍しいモンスターの一種であり、賢者と呼ばれる者たちが重宝し続けたとされる知識の鳥である。

「お前の名前は——イズだ」

「まあ、このような些末なわたくしに名を。謹んで頂戴致しますわ」

何故彼女を購入したのかは、勘の良い者ならもう分かっているだろう。

「いいかイズ、今日からお前をこの無人島の管理人代理に命ずる。コイツらに知識を与え、この無人島の開拓に尽力しろ」

「あぁ……さっそくわたくしにお仕事をくださるとは。このイズ、全身全霊を持って、任務に従事致しますわ」

恍惚な表情を浮かべていたイズだったが、俺から視線を外すと、ギロリと鋭い視線をモンスターたちに向けた。

「気をつけぇぇぇぇっ！」

突然スイッチが入ったように、雰囲気がガラリと変わったイズから発せられた怒声にも似た声。

甲高（かんだか）くよく通る音である。

思わず俺も気をつけの体勢を取ってしまいそうになった。

「そこぉっ、何故言われた通りしない！　さっさと気をつけをなさいっ！　はっ倒すわよっ！」

「「「ギギィッ！」」」

注意を受けたゴブリンたちが、一様にシャキーンと綺麗（きれい）な直立不動を見せた。

「さて、いいですか？　あなたたちは主様の慈悲（じひ）で生かしてもらっているだけの存在です。まずはそこを理解しなさい」

あ、いや……別にそこまでの意識は俺にないんだけど……。

ただそうツッコむ空気でもないので黙っている。

「生きたければ、美味（おい）しいものを食べたければ、それ相応の対価を払いなさい。簡単です。ただただ無心になって主様のためを思い、主様だけのために身を粉（こ）にして働けば良いのです。主様は絶対！　我らが王！　さあ復唱なさい！」

とはいうものの……。当然人語を話せるわけじゃないので、モンスターたちは唸（うな）っているようにしか見えない。

「声が小さぁぁあいっ！　もう一度っ！」

そんなやり取りが何度か繰り返されたあと、ようやく満足したのか、イズは再び説明をし始めた。

「安心なさい。主様は慈悲深いお方。役に立つ者には必ず見返りをくださいます。そうでございますわよね、主様？」

「え？　あ、おう、もちろんだ！」

いきなり振ってくんなよ、ちょっとビビったじゃねえかよ。

「聞いたでしょう！　何と心強いお言葉でしょう！　たかがモンスターであるわたくしたちに、働くだけで生活を保障してくださるのです！　さすがは我らが王！　さあ、復唱！」

あ、それまだするんだ。

というかモンスターもノリが良いのか、それともすでに洗脳されてるのか、イズの言葉に従っている。

「このわたくしが、それぞれあなたたちに見合った知識を与えます。いいですか？　手を抜くことは許しません。そのような者は我らが陣営には必要ありません。生き残りたくば必死に主様に尽くすのです。そうすれば必ず主様は我らに救いを与えてくださいます」

……これ何かの宗教かな？　知らず知らずに教祖にされてるんだけど俺……。

ただシキは、ウンウンと頷(うなず)きながら感心している様子。

マジで『使い魔』って忠誠度高いよなぁ。イズはその中でもずば抜けてる感じだけど。

「それでは今から種族ごとに分かれて縦列隊形になりなさい」

イズの言葉に従い、モンスターたちは動いていく。

「そこぉっ、モタモタしない！　行動は常に速やかに！　私語は慎(つつし)みなさいっ！　おいこらそこっ、だからくっちゃべってないでさっさと動けっ、ぶち殺されたいのかぁっ！」

怖い……怖いよこの子……!?　何、こんな性格の子だったの？

まあそのキツイベクトルは俺に向くことはないので問題ないと言えばないが……。

モンスターたちもさすがにぶち殺されたくはないようで、速やかに動き隊列を組んだ。

「……主様。開拓プランはございますか？」

「そ、そうだな……とりあえず自給自足ができる環境作りが第一だ。それに地下施設も作りたいと思ってる」

「畏(かしこ)まりました。ではそのようにプランを進めさせて頂きます」

「ああ、頼む。じゃあイズ、お前にはコレらを渡しておく」

彼女に渡したのは、《念話用きびだんごS》だ。これはソルたちに与えたものよりランクが上位の代物(しろもの)で、最近アップデートされたものでもある。これさえ食べさせておけば、どこにいても《念話》することができるという優れものだ。

「ほら、シキも食え。あとでソルにも食わせてやらんとな」

購入したままで、彼らに食べさせるのを忘れていたから、ここでシキにも渡しておく。シキは「頂戴致します」と言って、一口で飲み込む。

そしてイズはというと……。

「まあ、感謝感激にございますわ。あ、あの……よろしかったら……主様に少々お願いしたいことがございますの」

「ん？　何だ？」

「そ、その………そのきびだんごを、主様に食べさせて頂いてもよろしいでしょうか？」

上目遣いで俺を見つめながら、そんな要望を口にした。

「何だ、そんなことか。別にいいぞ。ほら、アーン」

「!?　ア、ア～ン」

俺はイズの口にきびだんごを持っていき、食べさせてやった。

するとイズは、蕩けたような表情になりながら身体をクネクネと動かし始める。

「あぁ……これが伝説のアーン。よもやわたくしの夢がこんなにも早く叶うなんてぇ……はぁぁ～、主様……好き」

……いきなり告白されたんだが……どうすりゃいいんだこれ？

「あ、あの……イズ？」

「……!?　おほん！　失礼致しましたわ、少々取り乱しました。何でございましょうか、主様？」

「あー……あとは任せても大丈夫か？」

「はい！　このイズ、見事にこの無人島を偉大なる王国にすると誓いますわ！」

「いや、そこまで……まあ、じゃあ頼むな」

とても良い顔で「はい！」と返事をしたイズに後を託し、俺とシキは《テレポートクリスタル》を使って、福沢家へと戻ったのであった。


福沢家へと戻ってくると、いつの間にか帰ってきていたソルが、俺の姿を見て泣きながら顔に飛びついてきた。

「ご主じ〜んっ！」

「わぷ!? ……どうしたんだよ、ソル？」

「どこ行ってたんですかぁ〜！ 《念話》しても声が届きませんですし、と〜っても心配したのですぅ〜！」

あーなるほど。確かに無人島にいりゃ、絶対《念話》は届かねえよな。

聞けば俺が何かのトラブルに巻き込まれたのではと、ここら辺りを捜索していたのだそうだ。

しかし当然見つかるわけがない。

「悪い悪い。そのことで話があってよ。その前にほら、これ食え」

俺はシキたちにも与えた《念話用きびだんごS》をソルにも与える。

そしてそのあと、無人島に関しての話をソルに聞かせてやった。

「ぷぅ……ソルも連れていってほしかったのですぅ」

「悪かったよ。《念話》が届かない距離にいたからな。あとで説明するつもりだったんだ」

「いいえ、ソルもワガママを口にして申し訳ないのです」

「そんなことねえよ」

この程度のワガママなら可愛いもんだしな。

俺は悲しそうな顔をするソルの頭や身体を撫でてやると、ソルは気持ち良さそうに目を細めている。

「ところでご主人、その新しい『使い魔』はどんな方なのですか？」

「ん？　気になるか？　ソルと同系統のモンスターだぞ」

「同系統……鳥型ということなのですか？」

「そういうこと」

「ぷぅ～！　それはとっても会うのが楽しみなのですぅ！」

シキとは相性が良く、すぐに仲良くなったので、今回もそうだとありがたい。

「……！　殿、こちらの部屋に何者かが近づいてきております」

そう言いながらシキが影の中へと潜り込んだ。

俺はすでに、《変身薬》を使って、鳥本健太郎という『再生師』としての恰好をしているので、このままでも問題はない。

しかし部屋には鍵をかけているので、一応扉へと向かって鍵を外しておく。

——トントントン。

ノックのあとに「どうぞ」と返事をする。

扉が開き、そこから現れたのは、この屋敷の主人である福沢丈一郎さんだった。

「鳥本くん、少し話があるのだがいいかね？」

「はい、構いませんよ」

ちょうど良い。俺も彼には話があったから。

部屋の中に招き入れ、以前彼に飲ませてやった《オーロラティー》を入れて、互いにテーブルに着く。

「実は君に相談したくてね」

「相談……ですか」

「うむ。実は市内に【王坂高等学校】という学校があるんだがね」

「！　……はい」

「そこで先日、奇妙なものが見つかったんだよ」

「奇妙なもの……ですか？」

「何といっていいのか……分かりやすくいえば、腐敗した遺体だね。しかも大量にだよ」

「……へぇ」

先日攻略した上級ダンジョン。それが【王坂高等学校】である。

そういえばダンジョン化したあの学校を攻略したのはいいが、《腐道(ふどう)》のスキルによってゾンビ化した遺体は、モンスターみたいに消失したりはしないので、当然あの場に残っているはずだ。

「あそこは少し前までダンジョンだったんだ。それがつい先日、モンスターの気配がなくなったとかで調査の手が入ったのだが、そこで見つかったのが……」

「腐乱死体というわけですね」

「そういうことだ。実はあそこは以前にも、生徒や教師たちを救出するために警察が動いた場所なんだけどね、その時には一体たりとも腐乱死体は見かけていないと言っていたらしいんだよ」

「……取り残されていた生徒たちのものでは?」

「いいや、どの遺体も成人していたよ。それに教師にしては数が多過ぎる」

なるほど。どうやら司法解剖(しほうかいぼう)でもされたようだ。

「ならバカな連中が押し入って返り討(う)ちに遭(あ)ったとか」

「その可能性は否定できないが、だとしても量が多過ぎる気がする。あそこに棲息(せいそく)していたモンスターに食われた様子もないし、まるで突然あの場に湧いたかのような感じだ」

確かにたった数時間で出現したゾンビどもなので、新鮮という言い方は適さないかもしれないが、いきなり現れたという印象は間違っていない。

「ダンジョンには謎が多いですからね。そういう理解不能な事態が引き起こることだってあり得るのではないですか？」

「そうだね。そういう可能性はもちろんある。ただ……あの場である人物が目撃されているのだよ」

「ある人物？」

「最近話題になっている『袴姿（はかますがた）の刀使い』と呼ばれる女性のことさ」

「……ほう」

丈一郎さんがジッと俺の目を見つめ、何か探るような雰囲気（ふんいき）を察した。

……ああ、なるほど。

「福沢先生。言いたいことがあるのでしたら、どうぞご遠慮（えんりょ）なく申してください」

「っ……では単刀直入（たんとうちょくにゅう）に聞くよ。君はその女性と関わりがあるね？」

「……ええ、ありますよ」

もちろん『袴姿の刀使い』——虎門（とらかど）シイナは、俺のもう一つの顔だ。

鳥本に扮（ふん）し、《コピードール》を使って二人でいることもあったし。それを見ていた者たちも必ずいるはず。そう仕向けたのも俺なのだから。

「！　……彼女は一体何者なのかね？」

「それはどういう意味でですか？」

「彼女がダンジョン化した【王坂高等学校】を元に戻した。違うかい？」

「それが彼女の仕事ですからね」

「警察でさえ手に負えないとして放置したほどの、だよ？　それを……」

「他に仲間がいたのでは？」

「確かにいたという噂も聞いた。しかし僅か数人だと。たった数人で、怪獣にも思えるモンスターたちを討伐したというのが信じられないのだ」

「確か『平和の使徒』と呼ばれる組織だって、ダンジョン攻略をしているはずですが？」

「しかしあれは組織だ。何十人、何百人規模の言ってみれば軍隊のようなもの。それに一人一人が強力な武器を携えている。だが袴姿の女性が所持しているのは刀一本だというじゃないか」

「……何が仰りたいので？」

「彼女は本当に人間なのかい？」

「少なくとも俺にはそうとしか見えませんが」

「彼女がモンスターを操っていたという情報もあるのだが」

……そういうことか。だから丈一郎さんは、虎門が人間でないという推察をしたわけだな。

モンスターは今じゃ人間の天敵だ。駆逐すべき存在。そんな奴らを使役しているとなれば、とても人間だとは考えられないだろう。

「その情報は確かなんですか？」

「実際にその女性と、勇敢にも戦ったという者たちが病院に運ばれてきた」

……ふむ。どうにも記憶にはそれらしい奴が浮かんで…………あ、そういやいたな。

俺の……というか虎門の能力を知り、なおかつ自分たちを勇敢なる戦士みたいな言い方をするような奴ら。

脳裏に浮かんできたのは、上級ダンジョン攻略時に、敵の親玉として遭遇した流堂刃一の手駒だった連中だ。間違いなくアイツらからの情報だろう。

あの場で死んでない人間で、虎門の情報を簡単に喋るような連中は彼らしかいない。病院に運ばれたというのも、俺が大怪我をさせたし間違いない。

「その者たちが言うには、袴姿の女性はモンスターを使って人間を殺す凶悪な存在らしい。実際に自分たちの怪我も彼女の仕業で、仲間も何人も彼女に殺されたと。それに例の腐乱死体も、ゾンビとして操っていたと言っていた」

あのクソ野郎ども、都合の良いように情報を捻じ曲げやがって。やっぱりあの時、殺しておけば良かったかもな。

まだ人殺しをしていないから、せめて命だけは奪わないでいたが。

まあ放置して、近くを徘徊するモンスターにでも食われればそれでいいとも思っていたのだけれど、そう上手くはいかなかったようだ。

「その者たちの言葉が正しいと?」

「いいや。一方的な話を信じるつもりはない。だからこそこうして君の話を聞きに来たのだから」

「もし彼女が本当に危険な存在だとしたらどうするおつもりです？」

「当然警察に……と言いたいところだが、今の状況でそれはできないことも分かっている。だからせめて君だけでも彼女と手を切ってほしいのだ」

「…………」

「君には感謝してもし切れないほどの恩がある。娘を……環奈を救ってくれた、ね。だから命の危険があるような者の傍にはいてほしくないのだ」

なるほど。どうやら俺のことを慮っての相談だったらしい。

「大丈夫ですよ。彼女――虎門シイナは金にはがめつい人ですけど、問答無用に人を殺すことなんてしません。正真正銘人間でもありますからね」

「それは本当なのかい？」

「ええ。彼女とは一族同士で少し接点がありましてね。虎門の一族も、少し変わった力を持つ異端者たちなんですよ」

「君の家のように……？」

「はい。詳しくは彼女のプライベートに関わることなので言えませんが。ただ彼女にゾンビを使役するような力はありませんよ」

「……しかしモンスターを使役していないとは言わないのだね?」

俺はその質問に関してだけは黙秘権を行使した。別に言ってもいいが、ここは彼の判断に任せておく。

「……分かった。君の言っていることを信じよう」

「いいんですか?」

「正直、袴姿の女性に関しての噂はどれも信憑性に欠けてね。それに良い話だってたくさんある。彼女に救われたという人だって実際にいるらしいからね。だから私が信じるのは、恩人である君だけにしておくよ」

「嘘を言っているかもしれませんよ?」

「だったとしても、無闇に人を傷つけるような嘘ではないだろ? 短期間ではあるが、こうしてともに過ごしてきて、君がどういう人間なのかは少しくらい理解しているつもりさ」

丈一郎さんは本当に良い人だ。悪いところなんて見当たらないほどに。

こんな怪しさ爆発な鳥本でさえ、自分の家の一室を貸し与えているのだから。

さすがは『赤ひげ先生』の再来と呼ばれる人格者である。人間力に関して、彼に勝てる者を俺は知らない。とても俺にはできない生き方ではあるが。

「……信じてくれて感謝します。それと、今の流れでこんな話をするのはどうかと思うんですが」

「？　逆に君が私に相談事かな？」

「……実は、そろそろ旅に戻ろうかと思うんです」

「！　………どうしてもかい？　君が良ければ、まだこの家にいていいんだが」

「大変お世話になりました。本当に感謝しています。ですが俺の目的は、いろいろなところを旅して見聞を広めることですから」

そう言うと、丈一郎さんはとても残念そうな表情で「そうか」と口にする。

「寂しくなるね。特に……環奈はきっと悲しむ。君に懐いているから」

環奈には兄がいるが、少し歳も離れているし一緒には暮らしていない。

きっと環奈にとっては、病を治してくれた鳥本を恩人だと思っているだろうし、兄のようにも思っているのだろう。

俺も鳥本としてではあるが、妹のように接してきたから思うところがないわけではない。しかしいつまでもこの家に居続けるわけにもいかないのだ。

「出ていく日はもう決まっているのかい？」

「はい。今日はもう遅いので、明日の昼頃にはお暇させて頂こうかと」

「……明日か。突然だね。残念だよ」

本当に残念そうに消沈する丈一郎さん。彼にとっては別れかもしれないが、俺はここら高級住宅街は、獣でいうなら狩場なので、ちょくちょく顔を見せるつもりだ。鳥本としてではなく、訪問販売員の海馬としてではあるが。

「では細やかながら最後の晩餐と洒落込もうじゃないか。妻にもそう伝えておくよ」

「お構いなく。できれば普通でお願いします。あまりそういったパーティのようなものは好かないので」

「そうかい？　しかしそれでも皆で食事をするくらいは良いだろう」

丈一郎さんが部屋から出ていき、しばらくすると勢いよく環奈がやってきた。

「鳥本さん！　ここから出てくってほんと⁉」

「環奈ちゃん……ああ、事実だよ」

「やだよ！　何で？　私たちのこと嫌いになったの⁉」

そう言いながら抱き着いてきた環奈はすでに涙を流していた。

「ごめんね。俺もずっとここにいることはできないんだよ」

「鳥本さん……でも……でもぉ」

俺は環奈の頭を撫でつけながら微笑を浮かべる。

今まで俺の周りは悪意ばかり。唯一自分の家でしか平和を満喫することはできなかった。しかしそこでも結局は一人だったし、退屈な日ばかりを過ごしていた気がする。

世界が豹変し、ひょんなことから福沢家に世話になったが、思った以上に居心地は良かった。

福沢家の人たちはみんなが良い人だったし、この子……環奈は心から俺を慕ってくれていた気がする。妹がいればこんな感じなのだろう、と。

しかしそれでもやはり俺にとっては偽りの関係でしかない。鳥本も俺が作った仮初の存在であり、ずっと俺は環奈たちを騙し続けているだけ。

このままこの家にいても、この関係は崩れることはないし、本当の意味で親しくなることもないだろう。

だから……ここらで別れておいた方が無難だと判断した。

「必ずまた会いに来るから、ね？」

そう言っても、環奈はギュッと力強く抱きしめながら「嫌だ嫌だ」と連呼していた。そこへ彼女の母親である美奈子さんもやってきて、優しく環奈を説得し、一緒に一階のリビングへと降りていく。

俺も準備をしてから降りると言って、一応世話になった部屋の片づけをし始めた。とはいっても私物などほとんどない。

ササッと片づけをしてリビングに向かうと、環奈に手を引かれ一緒にソファに腰を下ろすことになった。そこで夕食ができるまで、環奈の相手をすることに。

環奈はソルを膝の上で愛でながら、俺にいろいろな質問を投げかけてきた。

これからどこに行く予定なのか、いつ頃、またここにやって来るのか、この家はどうだったかなど。

俺は彼女の質問に答えながら、鳥本として最後のコミュニケーションを取っていく。そして夕食は、福沢家に住むすべての者たちと一緒に笑いながら堪能した。

こんな世界の中、こうして笑い合える家族はどれくらい残っているだろうか。

一歩外に出れば恐怖しか待っていない状況で、こんな温かい日常を過ごせている家族は珍しいかもしれない。

……願わくば、俺が離れた間も、ここは変わらなければ良い。

もちろん訪問販売員として利用するためでもあるし、世話になった立場としてそう思う。

食事のあと、環奈が一緒に寝たいと言ったが、さすがにそこは遠慮してもらった。代わりにソルに犠牲になってもらい納得させたのである。

夜、この部屋ともお別れかと思いベッドの上で横になっていると、シキからこの部屋にゆっくりと近づいてくる者がいることを伝えられた。

寝ているフリをしていると、扉が静かに開き、一人の人物がそ～っと俺が寝ているベッドの中へ入り込んできたのである。

…………やれやれ。

すでに誰かは分かっている。その前にソルからも連絡が入っていたから。

横向けに寝ている俺の背にピッタリくっつく環奈。キュッと俺の服を摑んでいる。

……まあ、今日くらいは良いか。

俺は最後くらいは勘弁してやろうと思い、環奈の好きにさせてやったのである。

――翌日。目が覚めた俺は、いまだ俺の隣で気持ち良さそうに眠っている環奈を見て溜息を零す。

本当に懐かれたもんだな。

俺はそのままベッドから出て洗面所へと向かい身支度を整える。

そして自分の部屋に戻った時、すでに環奈は起きていたようでベッドの上に座り、枕をギュッと抱きしめながら俺を出迎えた。

「と、鳥本さん……あの、その……」

「よく眠れたかい？」

「あ、うん……グッスリ眠れた」

「そいつは良かった。ああでも、できればこのことは秘密にしておくれよ。先生に知られると大目玉をくらいそうだから」

「……パパならきっと許してくれると思うけど」

「はは。男親はそう簡単に許さないさ。可愛い可愛い娘なんだからね」

俺だってもし自分の娘が、他の男と同衾したなどという話を聞いたら気が気じゃなくなるだろう。息子なら「やったじゃねえか！」と称賛してやれるけど。

「……本当に出てっちゃうの？」

「そんな不貞腐れたような顔しない。また会いに来るって言ったろ？」

寝癖がついてボサボサになっている環奈の頭を撫でながら言う。

「……一週間に一回は会いたいなぁ」

「そりゃ無茶な注文だ」

「むぅ……じゃあ八日に一回」

「一日しか増えてないし」

「じゃあ十日に一回！」

「……困らせないでくれ、環奈ちゃん」

そう言うと、環奈は「ごめんなさい」と顔を枕に埋めた。

何だかイジメているみたいで複雑な気持ちなのだが……。

「……環奈って……言ってほしい」

「へ？」

「……もう引き留めないから、これからは環奈って言ってほしいの」

「………オーケーだ、環奈」

「！　えへへ～」

良かった。少しは機嫌が直ったようだ。

「ほら、起きたなら顔洗ってきなさい」

環奈は「はーい」と言うと、ベッドから飛び出して洗面所へと走っていった。

朝食時には丈一郎さんはいなかったが、昼前にはこの家に戻ってきて、福沢家総出で見送ってくれた。

「ソルちゃん、絶対また会おうね！　待ってるからね！」

「ぷぅ～ぷぅ～」

環奈に抱きしめられながら身体（からだ）を撫でられているソル。ソルもどこか寂しそうな顔をしている。

そういえば一緒にいる時間は、もしかしたらソルの方が多かったかもしれない。ソルもまた彼女と遊ぶのは好きだったみたいだから。

「鳥本くん、本当に君と会えて良かった」

「こちらもですよ福沢先生。長い間お世話になりました。とても楽しい日々を過ごせたのは、あなた方のお蔭（かげ）です。ありがとうございました」

「また是非（ぜひ）……いつでも来てくれ。君はもう私たちの家族なのだからね」

「……はい、いずれまた。……ソル」

ソルが環奈の腕の中から、俺の肩へとやってくる。

そして環奈が俺の目前に立ち、涙目ながら見上げてきた。

「っ……バイバイはしない……から。だから………行ってらっしゃい、健太郎さん！」

俺を不安にさせないようにか、必死に笑みを浮かべながら鳥本の名を呼ぶ。

「……ああ。行ってきます、環奈」

踵を返すと、背後から環奈のすすり泣く声が聞こえてくる。そんな彼女の肩を抱きながら優しく背中を擦る美奈子さん。運転手の佐々木さんも、メイドの四宮さんも、全員が頭を下げて俺を見送ってくれた。

そして彼らから見えなくなったら、変身を解くと、すぐに《テレポートクリスタル》を使って無人島へと飛んだ。

「――お帰りなさいませ、主様」

家の玄関前に転移した俺を、さっそくイズが出迎えてくれた。

事前にこの時間帯に戻るという報告をしていたのだ。

「ぷぅ？　この方が新しい『使い魔』なのですね、ご主人！」

「そうだソル。紹介するよ。彼女はイズ。この島の管理を任せている子だよ」

「初めましてですぅ、ソルはソルっていいますです！」

「……イズですわ」

「わぁ～、同じ鳥型なんて嬉しいのですよぉ！」

俺の肩の上で、嬉しそうに翼をパタパタとはためかせ喜ぶソル。

だがその時である。

「おほん！　ソル……さん？　いつまでそのように主様に馴れ馴れしく触れてらっしゃるのですか？」

「ふぇ？」

ソルがキョトンとしたが、俺も「え？」となってしまった。

「あなたは『使い魔』なのですわよ？　もう少し立場というものを弁えたらいかがかしら？」

「え、えと……イズ？」

「主様がわたくしのために考えに考え抜いた名を、気安く口にするのは止めてくださる？」

いや、別に考え抜いたっていうか、モンスター名から分かりやすく抜粋しただけなんだけど……。実際にソルやシキだってそうだし。

「わたくしのことはイズ様と呼ぶことを許可します」

「な、何でソルがイズのことを様付けしなきゃならないんですかぁ！」

「それはわたくしが、あなたよりも主様の信頼を得ているからですわ！」

「そ、そんなことないですもん！　ソルだってご主人のお役に立っているです！」

「ふふふ、速く飛ぶことしかできないのに？」

「んな⁉　そ、それだけじゃないですもん！　火だって噴けるし！」

「ま、乱暴な。それにシキ殿から聞きましたわよ。あなた、その身体に似合わずに大食らいだと。何でも浅ましくも主様の手料理を、主様の分まで平らげたことがあったらしいですわね？」

「そ、それは……」

　ああ、確かにあったなぁ。まだ食べてる途中の俺の料理を見て欲しそうにしてたから、ソルにあげたんだっけ？

「恥知らずな。我々『使い魔』が、主様のものにまで手を付けるなどと嘆かわしいですわ」

「う……うぅ……」

「そのようなことよりも、さっさと主様から離れなさい。御身に堂々と触れるようなそんな羨ま……不躾な振る舞いは、このわたくしが許しませんよ？」

　あれ？　今羨ましいとか言いそうになってなかった？

「ぷぅ！　別にご主人が嫌がってないからいいのですぅ！」

「主様はお優しいですから口になさらないだけです。そんな暑苦しい毛むくじゃらの身体を擦りつけて、高貴な主様を穢さないで頂きたいですわね」

「け、毛むくじゃらって！　そんなこと言うならイズだってそうじゃないですかぁ！」

「だからわたくしの名前を気安く呼ばないでくださいな。それにあなたと一緒にしないでください。わたくしの羽毛は一枚一枚宝石のように美しいのですから」

確かにイズの純白の羽毛は光沢をも放っていて美麗だ。佇まいだけで絵になるといっても過言ではない。

「かつてワイズクロウは、存在そのものが芸術品だとされ、多くの著名な芸術家にも愛でられたことを知らないのですか？　この羽毛一枚ですら高値で取引されたことがあるくらいです。対してあなたはどうです？　ソニックオウル……速く飛べるだけのフクロウではないですか」

「むぅぅぅぅ～！」

あらら、ソルの奴、頬を目一杯膨らませてハリセンボンみたいになってる。

どうやら口ではイズには勝てないらしい。

ていうかまさか、ここまで仲違いをするとは思わなかった。同じ鳥同士なので同族嫌悪といった感じだろうか。

「ソルだってぇ！　ソルだって、可愛いってご主人に言われてますもんっ！」

「お可哀相に……それが主様のなけなしの同情であることも知らずに」

「ぷぅぅぅぅ～っ！」

……やれやれ、そろそろ割って入ってやるか。

「こーら、そこらへんにしとけ二人とも」

「申し訳ありませんでした主様。自重しますわ」

「ぷぅ！　だってご主人！」

「あら、主様の命令は絶対ですわよ。抗弁するなんて、『使い魔』の資格があるのかしら?」

「ほらぁ、これぇ、ムッとくるですぅ！　もうっ、もうっ、もぉうっ！」

いや、イライラするのは分かるが、俺の肩の上でバタバタしないでくれない？　爪が当たって結構痛いんですけど……。

「……はぁ。お主ら、そこまでにしておけ。殿の貴重な時間をこれ以上無駄に費やすことこそ『使い魔』失格だぞ」

「……そうでしたわね。わたくしとしたことが、ご忠告痛み入りますわ、シキ殿」

「ぷぅ……分かったのですぅ」

さすがは大人なシキ。本当にお前は頼りになる奴だな。

「ま、人間同士だって性格が合わない奴はいる。別に無理矢理仲良くしろなんて言わないが、周りに迷惑をかけるような諍いだけはしてくれるなよ」

俺だって他の人間と仲良くしろと言われても反発心しか湧かないし、自分ができないことをコイツらに押し付けようとも思わない。

ただ同じ仲間で敵ではないということだけは理解してもらっておく必要がある。まあ、簡単に言えば距離感を保ちつつ上手くやれってことだ。

「じゃあさっそく報告を聞こうか、イズ」

「はい。現在、村作りのための整地が終了し、畑作りと水路開設を行っております」

「ふむふむ……って、もう整地したのか!?」

「こちらです。どうぞご覧くださいませ」

イズに案内され、高台の上から覗(のぞ)き込むと、そこには綺麗に整地された広場があり、ゴブリンやコボルトなどの人型モンスターが畑作りを行っていた。

しかも簡易的とはいえ、草木で作られたテントも設置されている。

「たった一日で……イズ、ちゃんと休ませてるのか？」

「もちろんでございます。睡眠あってこそ、質の高い労働が生まれますので。それに、わたくしの能力をお忘れですか？」

「……ああ、そうだったな。お前にはアレがあったか」

イズは「はい」と返事をすると、す～っと息を吸い込み、そして――歌い始めた。

「――《活力のワルツ》」

オペラ歌手のような透き通るような響く歌声が島中へと流れていく。

するとどうしたことだろうか。その歌を耳にしたモンスターたちが、疲れを忘れたかのような動きを見せ始めたのだ。

これこそがイズの〝歌〟による効果だ。

今彼女が歌った《活力のワルツ》は、聞く者の肉体を活性化し、精神的にも元気にさせてくれる効力を持つ。

他にも様々な効力を持つ歌があり、彼女はこれらを駆使し時には癒しを、時には活力を、時には眠りを与えてくれる。

彼女が多くの者たちに愛されたのは、この力もあってのことだ。

「ふむ、さすがはワイズクロウ。戦闘力こそ秀でたものはないが、仲間を支援する能力に関しては他に類を見ない存在であるな」

そう、だからこそ彼女を『使い魔』として、そして無人島の管理人代理として選んだ理由だ。

「ぷぅ……ソルだって歌うくらいできるのです！　ら〜らんららばんばらんばん♪」

「ぶほぉっ!?　ちょ、や、止めてくださいますか、おチビさん!?」

綺麗な歌声を披露していたイズが、噴き出したあとに、物凄い形相でソルに詰め寄っていく。

「えぇー、一緒に歌った方が楽しいですよ？」

「あなたのような音痴が歌ったら、わたくしの歌が穢れますわよ！」

「そこまで下手じゃないですぅ！　ねえ、ご主人？」

「え？　あーまあ、そうだな」

……実際、超絶下手なんだが……。

「主様……お優しいのは美徳なのですが、時には真実を告げて差し上げるのも本人のためですわ」

「いやまあ……ははは」

「もう！　ご主人はソルの歌が好きなの！　見てるですよぉ……んんっ！　ら～らんぶるんぶるんらら～べんべんべん♪」

「だ～か～ら～、ただのノイズでしかないですわよ！」

「えぇー」

「いいですか！　あなたはまず発声がなっていませんの。よくお聞きなさい。ら～ららら～♪」

「ら～らんららんら♪」

「何でそうなりますの！　だからこうですわよ！　ら～ららら～らら～ららら♪」

「ら～ららら～♪」

「もっと喉を開くイメージで！」

「？　ら～ららん♪　げっほげっほ！」

「むせた!?　ああもう、しっかりなさい！」

教えながら咳き込むソルの背中を擦っているイズ。

何だ……上手くやれそうじゃねえか。

俺は二人の姿を見て、ホッと胸を撫で下ろした。

「――なるほどな。この湖から水路を敷いているわけか」

歌のレッスンが一通り終わったところで、俺はイズから水路開設の説明を受けていた。

無人島にはそこそこ大きな湖があり、そこから村へと水路を築くつもりらしい。

水路が開設できたら、いよいよ本格的な農業を行うようだ。

「それで主様、栽培（さいばい）される食物の種などを頂ければ嬉しいのですが」

「おっと、そうだったな。まだ渡してなかったっけか？」

一日で整地が終わって畑作りまで漕（こ）ぎつけるとは思ってなかったので、種はあとで渡そうと考えていたのである。

俺は〝ＳＨＯＰ〟で購入した幾つかの種をイズに渡しておく。

どんな植え方をすれば実が生（な）るのかなどの知識は、俺が説明せずとも最初からイズが知っているということなので楽だ。さすがは『空飛ぶ図書館』である。

「あ、そうだイズ。夕食時になったら、みんなを俺の家の前に集めてくれ。一日頑張ってくれた褒美（ほうび）に、今日は俺が美味（うま）いもんを御馳走（ごちそう）するからな」

「まあ、それは彼らも狂喜乱舞することでしょう！　承知致しましたわ」

「じゃあさっそく俺は調理に入るか。シキ、ソル、二人も手伝ってくれ」

「はいなのです！」

「何なりとお申しつけください」

俺は二人を連れて家の前へと戻ると、〝SHOP〟に入って食材を購入する。

「モンスターの数もかなり多いしな。巨大な鍋でシチューでも作るか」

幸い〝SHOP〟には、五右衛門風呂よりも大きな鍋が売っている。

鍋と同様に、普通なら使わないだろうと思うような巨大かまどもあって、それも購入し大地に設置して火を焚き、その上に鍋を設置した。

次々とシチュー作りを進めていく。食材を炒めるだけでも大変だが、シキたちと一緒に鍋に入れた具材などを、これまた大きな棒を使って炒めていく。

肉を好物にしている連中ばかりなので、野菜よりも大量に放り込む。

そして極めつけは、トマトジュースである。これも牛乳と一緒に大量投入した。

すべての手順が終わったあとは、コトコトと煮込むだけ。

「よしー、シチューに関してはこれでいいとして、次は大型モンスターのためにステーキでも作るかねぇ」

これまた《ショップ》スキルを使って、マンガ肉のようなデカイ肉があったので購入し、ステーキ用の焼き台を使って炭火焼きをしていく。

簡単に御馳走を作るとは言ったが、やはりかなり大変な作業になってしまったが、料理自体は好きなので楽しんでできている。

ソルやシキも文句一つ言わずに手伝ってくれていた。

そうして初めて使うような調理器具を駆使しながら、外で調理をし続け、気づけば夕食の時間がやってきてしまった。そこへゾロゾロとモンスターたちが姿を見せ、一様に鼻をヒクヒクとさせながら涎を零している。

「よーし、最後の追い込みだ！　みんな頑張るぞ！」

俺の言葉に、ソルたちもラストスパートで一気に仕上げていく。

そして何とかすべての料理は完成した。

辺りには腹の虫を刺激するような良い香りが充満しているので、モンスターはもう待ち切れないといったような様子だ。

「あなたたち！　今日は特別な日よ！　主様がわたくしたちのために、自ら食事を御用意してくださったわ！　まずはそのことに感謝致しなさい！」

「「「グオォォォォォオッ！」」」

イズの合図で、言われずとも隊列を整えたモンスターたちが、声を上げながら頭を下げている。よく訓練された軍隊を見ているようだ。

「はは、そこらへんでいいよイズ。料理はあったかいうちに食うのが一番だ。ほら、皿を取った奴らから、好きに料理を取ってけ。ただし、割り込んだり独り占めはなしだ。ケンカしたりするんじゃねえぞ！」

「主様から許可を頂きましたわ！　では皆さん、解散！」

テーブルに陳列された食器を各々が手に取り、次々と料理を皿に載せていく。

当然モンスターたちの大きさに合わせた皿も用意している。

特に一番大きなブラックオーガについては、特別に専用の窯を用意して、そこにシチューを作ってやった。

モンスターたちは酒も飲むということで、巨大ダルの中に大量のビールを用意してやり、そこから自由にジョッキに注げるようにした。

料理や飲み物を確保した者たちが、次々と好きな場所に腰を下ろす。

そして俺たちも自分の分を取って席へ着く。

「では主様、よろしければお一言を」

「分かった。えー、イズの言ってたように今日は特別に料理を用意してもらった。初めての作業でのお疲れ様会ってことでな。これからお前らは、森や漁に出てゲットした食材や農作業で育てた作物、そして俺の差し入れ食材などを、自分たちで調理していくように。調理の仕方もイズが教えてくれるはずだ」

まあ実際、コイツらはダンジョンのモンスターで、飢えで死んでもリスポーンするから俺としては食べさせなくても問題はないが、飢えで仲間割れなどされたり、いざここを襲撃された時に、腹が減って力が出ませんでしたでは、話にならない。

それにこうして知識をつけていくことで、きっと戦い方にも幅が出てくるだろうから、その分確実に強くなるはず。だからコイツらにはいろいろなことを経験させるつもりだ。

「今日は大いに食べ、酔って、楽しめ！　明日からまた頼んだぞ！　じゃあ、いただきます！」

「「「グルオォォォォォォォォオッ！」」」

一斉に食事を始めたモンスターたち。余程美味いのか、誰もが脇目も振らずに料理を口に搔っ込んでいる。

しかも早くも食べ終わり、おかわりの列が並んでいるのだから凄い食欲だ。喜んでもらえているようで、作った俺としても満足な光景である。

じゃあ俺もと思い、まずはシチューに手を付けた。

「あむ……ん～、やっぱ《トマトクリームシチュー》にして正解だよなぁ。このトマトの酸味が何とも食欲をそそるし」

「はい。それに身体も温まりますし、ニンジンやジャガイモも柔らかくてとても美味ですな。あと何といってもこの肉。口に入れただけでホロホロ崩れて旨みが広がっていきます」

シキも絶賛のこのシチューに入っている具材は、どれもただの食材ではない。

いわゆるファンタジー食材だ。その中でも肉は、少し奮発して《サウザンドボアの肉》を使用している。

コイツは千年生きているといわれている猪で、長い年月で培われた肉は、とてもジューシーらしい。

で旨みがグッと凝縮しているのだ。臭みもなく王宮でも祝宴で度々振る舞われる極上の食材

この肉とトマトの相性が抜群で、一緒に煮込むことでとてつもなく柔らかい仕上がりになるのだ。しかもコラーゲンもたっぷり含まれているようで、女性にとっても嬉しい食材である。

「はぁん……さすがは主様。これほどのものを頂いてしまったら、他のものが作った料理など食べられないではありませんかぁ」

恍惚な表情でシチューを口にしているイズ。そこまでの評価は行き過ぎだと思うが、悪くない気分だ。

「ぷぅ～！　ソルはこのマッシュポテトが一番なのですぅ！」

……ソル、お前本当にそればっかだな。

コイツ用に作ってやったが、シチューやその他の料理よりも、やはり大好物の方が彼女にとっては一番らしい。

「おチビさん？　マッシュポテトだけではなく、他のものも食べなさいな。せっかく主様がお作りになられたのですから」

「ちゃんと食べてますもん！」

「……一口だけね。それにロールキャベツにはまったく口をつけていないではないですか」

「ぷぅ……だって熱いし……」

「フクロウなのに猫舌ですか？　ほら、零してますわよ、レディがはしたない」

そう言いながら、テーブルを布巾で拭いてやるイズ。

やはり仲が悪いというよりは、手のかかる妹を教育する姉のような関係だ。

ソルも文句を言いつつも従っているので、こうして見ていると微笑ましい。

ブラックオーガをチラリと見ると、巨大な肉の丸焼きを頬張っていた。一体二トン以上もあるそいつを美味そうに食っている姿を見てると、とても以前命がけで戦っていた相手とは思えない。

そうして賑やかな食事パーティも終わりの時間がやってくる。

腹が膨らんで満足した奴らが、こぞってそのまま横になって眠っていた。

「はぁ……まったく、だらしのない光景ですわね」

「はは、幸せそうで何よりじゃねえか。だろ、イズ？」

「主様がそう仰るなら。それで主様、これからはここを拠点として活動なさっていくのですよね？」

「おう、そのつもりだ。福沢家からは出たからな」

それでも《テレポートクリスタル》を毎回使うのは効率が悪いので、ここに戻ってくるのは数日に一度くらいだと思うが。

「明日にはさっそくまた向こうで商売だ。ここの管理は任せたぞ、イズ」

「お任せを。……ですが」

「ん？」

イズが顔を背けてモジモジとし始める。

「その……で、できればでよろしいんですが……」

「何だ？　何かしてほしいことでもあるのか？　別にいいぞ。お前にはこれからも迷惑をかけるからな」

「ホントでございますか！　で、ではその、か、か、肩の上に乗ってもよろしいでしょうか！」

「は？　か、肩？　俺の……だよな？」

コクコクと素早く頭を振ってくる。

「……別にいいが、そんなんでいいのか？」

「よいのですわ！」

何故そんなに興奮しているのか分からんが、俺はあっさりと許可を出してやった。

するとイズは満面の笑みを浮かべて、俺の肩の上に飛び乗ってくる。

「はぁぁぁあうぅぅん……！　幸せですわぁ……」

本当によく分からないが、どうやら満足してくれているようで何よりだ。

そういえばソルが俺の肩に乗ってた時に、コイツ……怒ってたよな？

馴れ馴れしいとか何とか言って。あれってもしかして……自分もやりたかったからか？

今も俺の肩に乗って、嬉しそうにハミングをしている。その歌声は安らぎを与え、寝ている者たちの表情が穏やかになっていく。

確かこれは《安眠のノクターン》だっけか？　聞くと眠くなり、寝ている間は自然回復力が増して、一時間ほどで数倍の安眠効果を得られるという。

そうして俺も彼女の歌声を聞きながら、静かに夜を過ごしていったのだった。

第二章 ≫ 異世界人の来訪

"SHOPSKILL"
sae areba
Dungeon ka sita
sekaidemo
rakusyou da

――数日後。

無人島から再び日本へ戻ってきた俺は、訪問販売員とダンジョン攻略請負人の虎門シイナとしての仕事をこなし、それなりの金を稼ぎ回っていた。

そして本日、とある場所へと向かっていたのだ。

それは以前『平和の使徒』と取引をした埠頭である。

そこにある第四倉庫に入ると、《コピードール》を使って、武器商人の円条ユーリに化けさせ、そのまま彼には第三倉庫へと向かってもらった。

俺はその様子を、モニターを使い、確認する。

何故ここに来たのか。それは『平和の使徒』のリーダーである大鷹さんから、また新たに取引がしたいという願い出があったからだ。

しばらく円条ユーリが第三倉庫で待っていると、どこからか車が走る音が聞こえてきて、第三倉庫の手前で数台の車が停まった。

そこから出てきた連中が、円条ユーリの前に姿を現す。

「やぁ、お久しぶりですねぇ、『平和の使徒』の皆さん」

「そうだな円条。取引に応じてくれて感謝する」

「いえいえ。あなた方はお得意様ですから。それに先日の件ではお世話になったので」

先日の件とは、【王坂高等学校】の攻略の際、外側で少し彼らには働いてもらっていたのである。

「いいや、お前がくれた情報のお蔭で、この街で悪さをしていた組織を潰せたしな。攫われた女性たちも救出できた。……手遅れだった者もいたがな」

『イノチシラズ』のリーダーである崩原才斗の相棒にチャケという男がいる。その男には彼女がいて、その女が俺たちが敵対していた流堂に監禁されていた。

その他にも流堂は、自分の欲望の赴くままに、大勢の女性たちを拉致し囲っていたのである。そんな流堂に最強のざまぁをお見舞いするために、救出をこっそりと大鷹さんに依頼したわけだ。

まだ誰にも手を付けられていなかった女性たちは無傷で救出できたが、中にはすでに暴行された者たちもいたらしい。そして被害の酷い者は自殺をしたり、心を壊したりしていた。

「それでも手遅れにならなかった者たちがいる。そう割り切るしかありませんよ」

「……そんな簡単なもんじゃねえよ」

まあ、正義感の強い彼にとっちゃそうかもしれないけどな。

「そんなことより、また武器を見繕ってほしいっていう依頼ですか？」

「ああ。それと……」

大鷹さんが一人の人物を、円条の前に促した。

……誰だ？

灰色のローブを纏い、フードで顔まで隠していて、一見して不審者みたいだ。

「……コイツに関して少し、な」

「……新しいメンバーですか？」

「いや、そういうわけじゃ……」

何だろうか。大鷹さんの、この奥歯に物が挟まったような様子は。

「とりあえず紹介するぜ、コイツは……」

大鷹さんがそう言おうとした直後、ローブの人物がサッと手を上げ、大鷹さんの言葉を途中で止めさせた。自分で自己紹介をするつもりだろうか。

そいつは、そのままおもむろにフードを取ると、そこから黄金が溢れてきたのかと思うほど美しい金の髪が露になった。

それだけなら別におかしくはない。今時金髪の日本人なんて珍しくはないからだ。だが俺は、その人物のある部分を見て驚愕してしまう。

何故ならこの地球に住む人種では、有り得ない形をしていたからだ。

――横に長く尖った耳。

しかしそんな耳の持ち主はこの世にいないはず。無論無理矢理整形したなら別だが。煌びやかな髪に、神々しささえ感じるほどの美貌。そして吸い込まれるような紺碧の瞳に、違和感のある耳を持つ女性。

ただそのパーツを合わせた存在については、知識だけはあった。

それは――。

「――――エルフ？」

モニターを見ながら、俺は無意識に呟いてしまっていた。

い、いやいや待て待て！　エルフなんているわけがないだろ！　コスプレ？　あれは付け耳とかっていうオチなんじゃ……！

混乱している俺をよそに、その人物は少し不安そうな表情で口を開く。

しかし……。

「＃＄Ｇ＆ＦＸＢＪ？＃＄……」

……何を喋っているのかまったく分からない。

必死に何かを訴えかけている感じだが、その真意を摑むことができないのだ。

英語でもフランス語でもない……。

円条が言葉を理解できていないことが分かったのか、ガッカリとした様子で肩を落とすエルフっぽい女。

「見ての通りだ。言葉が通じなくてよぉ。お前さんならもしかして分かるかもって連れてきたんだが」

「……彼女とはどこで？」

「俺たちが実地訓練をしてる森があるんだけどよ。そこで……拾った？」

「拾った？」

「まあウロウロと彷徨（さまよ）ってたみてえでな。話を聞こうにもこんな感じだし、とりあえず腹を空かせてたみてえだから、飯を食わせてから仲間たちにもいろいろ聞いてみたが、誰も通訳できなくてな」

「それで僕のところに連れてきたと」

「ああ。お前さんは世界を股（また）にかけてる商人だろ？　だったら意思疎通（そつう）くらいできるんじゃねえかってよ」

なるほど……それにしても森で彷徨ってた？　たった一人で？　しかも言葉が通じない。

……不自然過ぎる。何で言葉も通じない国の森なんかに一人でいたのか。しかもコスプレしながら。

「……あの、大鷹さん。彼女の外見、おかしいとは思いませんか？」

「あ？　あー……あの耳だろ？　仲間の奴らも驚いてたな。エルフだ、エルフが現れたぞってよ！　ところでエルフって何だ？」

どうやら大鷹さんはそういったジャンルの造詣に深くはないようだ。

「あの耳は本物なんですか？」

「一応相手は女だし、うちの女性陣に確かめてもらったけどな……」

「！　……本物、ということですか」

「……信じられねえけどな」

大鷹さんの表情を見て分かった。まあ誰だってまずは調べたくなるだろうし、やっぱり大鷹さんもちゃんと確認していたようだ。

「エルフは空想上の生き物ですよ。もちろん地球には存在しないはずの、ね」

「……アイツらも漫画とかゲームに出てくるとか言ってたが、マジなのかよ……。あ、ちなみに名前はヒョーフルっていうらしいんだけどよ……多分」

これは一体どういうことだろうか。あの耳が本物だということは、やはりエルフ？　仮に本物だとして、何故この地球に？

いや、それについては仮説はもう立っている。

この地球は現在、異世界のようなダンジョンが次々と出現していた。そして地球上に存在し得ないはずのモンスターも現れている。

つまりダンジョンやモンスターだけじゃなく、異世界に元々住んでいた者たちもまた、こちらにやってきている可能性がある。考えなかったわけじゃない。異世界には、人間か、それに近しい種族だっているかもしれない。

もし地球と異世界が、何らかの要因で融合しつつあって、そのせいで今のような状況になっているのなら、いずれ異世界に棲んでいる者たちも、こちら側にやってくるのではと推察はしていたのだ。

しかし数カ月以上経っても、そういう節は見当たらなかったので、異世界にはモンスターしかいないか、それとも異世界と融合という考え方が間違っているのかと思っていた。

……だが、こうなったら考えを修正する必要があるみてえだな。

まだ本物だと断定するのは早計かもしれないが、一応本物だとして動こう。

俺は《ショップ》スキルを発動させ、検索ワードで〝翻訳〟という文字を入れる。すると幾つかこの場に相応しい商品が表示された。

その中の《翻訳ピアス》というアクセサリーを購入し、さっそくその青いピアスを右耳につける。

そしてモニター越しに、ブツブツと呟いているエルフの言葉に耳を傾けた。

「あぁ……どうすればいい。やはり言葉が通じない。私は一刻も早くあの子を見つけなければいけないというのに……！」

問題なく翻訳は成功しているようだ。それよりも気になるのは、彼女の発言だ。

……あの子？

どうもこのエルフは誰かを探しているようだが……。

「シキ、今すぐ円条のもとへ向かい、俺の言葉を奴に聞かせてくれ」

「しかし護衛が……」

「ソルが傍にいるし大丈夫だ。頼む」

「……承知致しました」

瞬く間に、第四倉庫から円条がいる第三倉庫に移動したシキは、皆がエルフに注目している間に、影に潜りながら移動し、円条の背後へとつく。

シキが小声で話しかけ、円条がこちらの思惑を察知した顔を浮かべる。

そしてシキを通じて、エルフから話を聞き出すことを指示した。

「……おほん！　えーそちらのお嬢さん？」

円条が話しかけると、エルフが「え？」と円条へと顔を向ける。

「僕は――ユーリ。円条ユーリと申します。あなたは？」

自分を差しながら名前を口にする円条。そして手をエルフに向けて尋ねた。

「ユ、ユーリ？　名前……だよな？　……私はヨーフェル！　ヨーフェル・サンブラウン！」

「……ヨーフェル・サンブラウン？」

「!?　そうだ！　ヨーフェルだ！　もしかして話が通じているのか!?」

円条と会話ができていると思ったのか、ヨーフェルと名乗ったエルフは嬉しそうに破顔する。

円条は、少し待っていてほしいというジェスチャーをヨーフェルにすると、その意味が通じたのか彼女もコクコクと頷きを見せた。

「大鷹さん、彼女……ヒョーフルじゃなくて、ヨーフェルって名前らしいですよ」

発音が聞き辛かったのだろう。

「円条……お前さん、その子の言ってること分かるのか？」

「聞き取るくらいなら。まあ喋れはしないですけどね」

あくまでもヨーフェルの言葉を聞いて、その意味をシキを通じて円条に教えているだけだからな。

「さすがは世界を股にかける商人だな。やっぱここに来てもらって正解だぜ。それで？　彼女は何者なんだよ？」

「あーこっちからの質問は難しいですよ。言ったでしょ。喋れないって」

「あ……そっか。じゃあどうすんだ？」

「ご安心を。言語学に精通している方に伝手がありますので。よろしければ彼女をその方のところに連れていってあげても構いませんが？」

「おお、そりゃ助かる！　……けどタダじゃねえんだろ？」

「あはは、もちろん仲介料は……と言いたいところですが、この前もお世話になりましたし、サービスしておきますよ。けれど武器はいろいろ買ってくださいね」

「わーったよ。ていうか元々はそれが目的だったしな。ほれ、これがリストだ」

円条は手渡されたリストに視線を落とす。

俺はそれを見て、問題なく提供できる代物だと判断する。

「それでは三日後のこの時刻にまたここで。お金も忘れないでくださいよ？」

「へいへい。えっと……じゃあその子を任せてもいいんだな？」

「問題ありませんよ。てか、そんな簡単に信じてもいいんですか、僕のこと？」

「お前さんは変人だが、クズじゃねえだろ？」

「いやいや、武器商人なんてロクな人種じゃありませんよ？」

「そう言えるお前さんだからこそ信用すんだよ。それにその子を引き取っても、俺らじゃどうしようもできねえしな。ただ彼女のことが分かったら教えてほしい」

「……分かりました。ではまた三日後に」

そう言うと、大鷹さんたちは倉庫から出ていく。

その様子を不安気にオロオロとしながら見守っていたヨーフェルだったが、

「――安心めされ」

突然影から姿を現したシキに、「ひゃあっ!?」と驚きを見せるヨーフェル。

俺も、何故いきなりシキが声をかけたのか分からず、同じように驚いていた。

「確かヨーフェル殿と申したな。言葉が通じぬのは不安であろう。しかし安心めされるがよい。我が主はお主の言葉を理解されている」

「!? ほ、本当か!?」

「うむ。ただここにいるのは主ではない。いわゆる影武者というやつだ。案内する故、この者についていってもらいたい」

「わ、分かった！」

………いや待て待て待て。

〝おいシキ、どういうことだ！ お前と会話ができてるじゃねえか、その子！〟

〝はぁ。某（それがし）には彼女の言葉が理解できますので〟

〝は？ そうなの？ だったら何で言わねえんだよ〟

〝申し訳ございませぬ。聞かれなかったものでしたから。それに殿ならば、何かしらの手段を講じて意思疎通ができるようになさるとも思っていたので〟

まあ確かに、わざわざシキが通訳するというのも時間の無駄だし、結局は《翻訳ピアス》を購入していたと思うが……。

〝まあいいか。けど何でお前には通じるんだ？ 会話もできるし〟

〝それは恐らく、某が異世界の存在だからでございましょう。そちらにいるソルにも聞いてみてくだされ〟

そう言われたので、ソルにヨーフェルの言葉が通じるかどうか聞いてみると、ソルもシキと同じく言葉が分かると返ってきた。

なるほど。つまり異世界出身の奴らは、翻訳しなくても元々話が通じるということか。まあよく考えたらそれは普通のことか。けど気になることがある。

〝何で俺とは意思疎通ができたんだろうな、お前たちと〟

〝むぅ……それは恐らく『使い魔』だからではないでしょうか?〟

購入時、人語を話せるというオプションがあるからラッキー程度にしか思わなかったが、あれは『使い魔』補正とでもいうべき特性だったのだろう。

俺という日本人に合わせて、日本語を理解し日本語を話せるようになった。そう考えて間違いなさそうだ。何とも便利な仕様ではあるが。

〝なるほどな。まあとにかく、そのヨーフェルと話がしたい。一応誰にも見られないように警戒しながら俺のとこに来てくれ〟

そうシキに命じると、言葉が分かる彼はヨーフェルを誘導し第三倉庫へと連れてきてくれた。

俺は目前に立つエルフに、思わず見入ってしまっていた。モニター越しでも美形であることは分かっていたが、こうして直接見るとまた格段の美しさだ。

それこそ本当にゲームからそのままエルフが飛び出てきたような感じ。

しかも女性としても魅力的で、顔立ちだけではなく豊満な胸にくびれた腰。すらりと長いモデルのような足を持つ彼女は、まるで神が手ずから創り上げた芸術品のように思えた。

「……あ、あの……」

「！　……ああ、申し訳ない」

沈黙したまま彼女を見つめていたので、どうやら不安にさせてしまったようだ。

「初めまして、ですね。俺は坊地日呂といいます」

「!?　言葉が……分かる!?　わ、私はヨーフェル！　ヨーフェル・サンブラウンだ！」

「ヨーフェルさん……でいいですか？」

「別に呼び捨てでいい。敬語も必要ないぞ」

「……じゃあ俺のことも好きに呼んでくれ、ヨーフェル」

「う、うむ……えと……ボーチ？」

あ、そこで苗字をチョイスなのね。まあ別に構わないが。

「さて、あんたのことを聞かせてほしいんだけど。あんたは……ここことは違う世界の住人なんじゃないのか？」

「…………多分」

「多分？」

「実は——」

彼女が言うには、棲んでいた森でいつものように山菜を採っていた時、突然目の前が真っ白になったと思ったら、見知らぬ森の中に立っていたのだという。

当然慌てた彼女は、すぐに森から出ようとするが、出られず遭難して空腹で倒れてしまった。

そこに大鷹さんたちと出会ったらしい。

「……君が棲んでた森っていうのは？」

「【フェミルの森】——世界樹ユグドラシルの恩恵を受けた森だ」

うわぁ……まんまファンタジー用語が出てきたんだが。

「世界樹ユグドラシル……ね。少なくともそんな名前の木はこの世界には存在しないよ」

「あぁ、やっぱりそうなのだな……。見たことのない建物や乗り物ばかりだったから、もしかしたらって思ってはいたが……」

ここが地球で日本という国だと告げる。そしてヨーフェルが目にしたほとんどのものは、科学の発展により生まれた存在だということも教えた。

「カガク……スキルとは違うのだな」

「!?　ちょっと待ってくれ、今スキルって言ったか？」

「え、ああ……」

「ヨーフェルの世界じゃ、スキルってのは当たり前に誰もが持っているものなのか？」

「そ、そうだな……少なくともユグドラシルの恩恵を受けている私たちエルフには備わっているものだ」

「……そのユグドラシルの恩恵って何だ？」

「ああ、そっか。ボーチは知らないのだったな。世界樹ユグドラシルというのは、天を衝くほどに巨大な樹木で、大地に豊かな実りを授けてくれるものだよ」

「豊かな実り？　具体的には？」

「大地を富ませ、森を育み、人々を活かす。恩恵のもとにあれば、誰もが平和で豊かな暮らしができる」

「自然を守ってくれてるということか？　……人々を活かせるというのがよく分からんが」

「恩恵によって、私たちは病気にはかからないし、怪我だってすぐに治る」

「へぇ、そりゃ何とも便利なことだな」

「それにさっき言ったスキルという力を与えてくれる」

「与えて……？　ユグドラシルからスキルを受け取るってことか？」

「そう。ただ稀にユニークスキルっていう唯一無二のスキルを覚醒させる者もいるが」

「!?　覚醒って、それは与えられたわけじゃないのか？」

「ユニークスキルは、元々その人が持っている才能のようなものだ。ただ一人に対し一つのスキルしか持てないから、ユニークスキルの持ち主は普通のスキルは与えられないが」

……俺はそのユニークスキル持ちだ。そして確かに〝覚醒した〟という画面が表示されていた。

覚醒とは元々自分の中にあった力が目覚めることを意味するので、若干違和感があったが、彼女の言葉により、やはり元々俺の中にあったものだということを知ることができたのだ。

しかし俺は異世界出身じゃないし、そもそもこの世界にはユグドラシルなんてものはない。

……まあそこらへんの解明は別にいいか。

とりあえず異世界人は、スキル持ちが多いということだ。

「あんたの様子じゃ、自分の世界に戻る術なんて分からないってことだよな？」

「あ、ああ。それに……」

「それに？」

「……もしかしたら私と一緒に、あの子もこっちへ来てるかもしれないのだ」

……そういえば探し人がいるような発言をしていたな。

「頼む、ボーチ！　私の弟を一緒に探してほしい！」

「……弟？」

ヨーフェルには自分より十五も下の五歳の弟がいるという。ここへ来る前、その弟と一緒に山菜採りをしていたらしい。

傍にいたのに、気づけば自分だけが見知らぬ土地に来ていたというわけだ。

「なら弟はこっちに来てなくて、元の世界に残ってる可能性だってあるだろ？」

「いいや……弟はこっちに来ている」

「何の根拠があってそう思うんだ？」

「この街のどこかから……あの子の存在を感じ取れるのだ」

よくは分からないが、エルフというかこの少女の独特な感性が働いている結果らしい。

「私たちの世界ではな、時々〝光隠し〟が起きると言われていたのだ」

「光……隠し？」

「うむ。突然眩い光に包まれると、気づけば知らない場所へ立っている。私も初めて体験したが、まさか本当にあったとは……」

つまりここで言うところの神隠しと似たようなものらしい。

それまでそこにいた人、いや、人だけじゃなくて建物や自然物など、様々なものが光に包まれて消失する現象が稀に起こるのだという。

「あの時、あの子も一緒に光に包まれた。だからきっと……」

悲し気に目を伏せるヨーフェル。確かに身内が訳も分からない土地に飛ばされたのだとしたら心配だろう。何といってもまだ五歳なのだから。

「殿、どうなされますか？」

俺が思案していると、シキが俺の回答を求めてくる。

「そうだな……」

ハッキリ言って、異世界の情報は、こちらとしても十分実のあるものだ。まず間違いなく、彼女が棲んでいた世界と地球が、何らかの要因で干渉し合っているのが分かった。

「シキ、ソルもユグドラシルのことは知ってたか？」

「ソルは聞いたことがあるくらいなのです」

「某も詳しくは……。イズ殿ならば知っているやもしれませぬが」

今まで異世界について深く考えてこなかったが、こういう状況が生まれた以上は、異世界の情報は知っておくべきなのかもしれない。

「お願いだ、ボーチ。私はこの世界のことを何も知らない。もちろん土地勘だってない。言葉も通じないし、君に協力してほしいのだ！」

さて、どうしたものか……。

正直、異世界人という存在には興味が湧いた。これでもファンタジーな物語は好きだし、エルフやその他の種族についても知りたい。

それに今後、彼女のような存在がこちらの世界に来ないとも限らない。もしかしたら強力なスキル持ちが現れ対立する可能性だってある。

そうなった時に、少しでも有利な立場で事を構えたい。

ただヨーフェルに手を貸す義理もないし、直接的なメリットもない。

ならば一応確かめてみてもいいかもしれないな。

「……悪いが俺はタダ働きはしない主義なんだよ」

「え……？」

「ギブアンドテイク。ヨーフェル、俺があんたに力を貸す代わりに、あんたは俺に何を差し出す？」

「そんな……私に差し出せるものなんて……！　だが弟を探してくれたら何だってする！　必要であればこの身体だって好きにしてくれていい！」

「おい、滅多なことを言うもんじゃねえよ。そもそもお前の身体に興味はない」

「っ……そう、か。これでも多くの男たちには求められたのだがな」

「……淫乱なのか？」

「し、失礼な！　これでも私はまだ生娘だ！」

ああ、求められたって言い寄られたってことか。紛らわしいんだよ。一瞬、俺が嫌いなビッチかと思いドン引きしたぞ。

「…………！　ならばコレでどうだ!?」

そう言って、彼女が腰に提げている袋から何かを取り出して見せてきた。

それは手にチョコンと載る程度の大きさの石だ。

ただそれは俺にも見覚えがあるものだった。

「まさかこれは……ダンジョンコアの欠片か？」

「おお、良く知っているな！　この世界にもダンジョンがあるのか？」

やはり《コアの欠片》だったらしい。

「これを持っているということは、ヨーフェルはダンジョンを攻略できるのか？」

「こう見えてもエルフの中では腕利きだぞ。私の弓は蜂の眉間さえ射貫く」

つまり彼女はダンジョンを攻略できるほどの実力を持っているということ。しかもコアを破壊し、欠片を手にすることも可能な存在だ。ここが『使い魔』たちと大きく違うところである。

ちょっと待てよ。コイツを利用できれば、複数のダンジョンを攻略することもできるよな。

《コアの欠片》は高額で売却できる。今までは俺しかコアを破壊できなかったが、ヨーフェルがいれば、より多くの欠片を手に入れることが可能になるのだ。

しかし俺は人間に期待しないし、信頼することは……あれ？　エルフってそもそも人間じゃねえよな？

「……………ヨーフェル」

「何だ？」

「俺は確かにあんたの力になれるだろう」

「う、うむ」

「しかし残念なことに、俺は過去の経験から人を信頼することができないんだ」

「そ、それは……？」

「あんたは、俺を決して裏切らないと誓えるか？　もし誓えるなら、俺の手足となって動いてもらう。ああ、勘違いするなよ。俺が欲しいのは純粋な労働力だ。その代わり、あんたの弟は必ず見つけ出すと約束する」

　俺の言葉を受け、彼女はジッと俺の真意を探るように見てくる。

　そして身体に装着していた弓を取り、スッと片膝をつき弓を前に突き出す。

「我らエルフは、一度交わした誓いは決して違えることはしない。この弓にかけて、君を裏切らないと宣言する。だから……私に力を貸してもらいたい」

　ただの言葉と態度でしかない。ここに説得力や強制力なんて微塵もない。

　だが相手はエルフだ。人間じゃない。いうなれば俺にとってソルやシキたちと同じような存在かもしれない。

　……見極めてみるのもいいかもしれないな。

　エルフだってしょせんは人間と同じなのか、それとも一度口にした言葉を何が何でも貫くような存在なのか。

「……分かった。なら、存分に俺のために尽くしてみせてくれ」

　こうしてまだ完全には信用できないが、新たな仲間としてエルフを手に入れたのであった。

俺はヨーフェルを連れて、拠点である無人島へと舞い戻っていた。

久々の帰還ということで、真っ先に俺の存在に気づいたイズが飛んできたのだが、当然見慣れぬ者の姿を見て訝しむような顔を見せる。そしてすぐにヨーフェルがエルフだと見抜き、俺は彼女についての話をイズに聞かせた。

「なるほど。まさかこの世界にエルフまでやってきているとは思っていませんでしたわ」

「それでヨーフェルには労働力を対価に、弟を探し出してやる約束をした」

「ふむ、それは良いお考えかと。エルフの多くはスキル持ちで、戦闘能力が高い種族でもありますから、きっと主様のお役に立つはずですわ」

イズのお墨付きなら問題ないだろう。

「それにエルフが誓いを重要視しているのも事実ですわ。一方的に誓いを破ったりはしないでしょう。約束や誓いを何よりも重んじる種族ですから」

本当にイズの知識は助かる。これでヨーフェルへの警戒はさらに下がった。

ヨーフェルを見ると、そこから見えるモンスターたちの集落を見て驚いた様子で、何か考え事をしているように感じたので、「ヨーフェル？」と尋ねてみる。

「……遥か彼方にある地……モンスターたちを統べる人物……まさかあの予言が……？」

「予言？　何言ってるんだ、ヨーフェル？」

か？」

「！　あ、いや、何でもない。少し気になったことがあっただけだ。すまないな。それで、何

　何やら気になることを口にした彼女だが、とりあえず優先的に聞くべきことを聞く。

「そういえばヨーフェル、お前はどんなスキルを持ってるんだ？」

「私が有しているのは《幻術》だ」

「幻術？　ってことは、相手に幻を見せたりできるってことか？」

「分かりにくいならやってみせよう。――《幻炎》」

　突如ヨーフェルが、サッと上げた右手から炎が出現した。

「火？　それって触れても大丈夫ってことか？」

「ああ、今は幻術強度を下げているから触れても熱くはない」

「幻術強度？」

「それも含めて説明する。まずは触れてみてほしい」

　俺は言われた通り、恐る恐る触れようとするが、

「殿！　いけませぬ！　何事もまずは我らが毒味役をしたあとでなくては！」

　いきなりシキから叱責が飛んできた。

　いやまあ、確かにその気遣いはとてもありがたいんだが……。

「大丈夫だろ。ここで俺に何かするようなら、ヨーフェルはお前らに殺されて終わる。弟探し

だってできなくなるし。それにイズが言ったように、一度交わした誓いを破るような種族じゃねえんだろ？」

「その通りですわ、主様。ですがそれとは別で、我々《使い魔》の務めとして、未知なるものから主様をお守りするのも当然のこと。シキ殿の言い分を御理解して頂きたいですわ」

「……そっか。お前らが俺のためを思って行動してくれているのも分かってる。ならシキ、お前に任せるぞ」

「はっ、お任せください」

そう言うと、シキが炎へと触れた。

「ふむ。何も感じませぬな」

「そうだろうな。先程も言ったように幻術強度を下げているからな。今はただ炎の映像がそこに映し出されているようにしか感じないはずだ。しかし強度を上げると――」

「……むっ⁉」

慌ててシキが炎から手を引いた。そして自分の手を見ながら眉をひそめている。

俺が「どうしたんだ、シキ？」と尋ねると、

「……熱を感じました。それこそ本物の炎のような。しかし実際には手は熱くなっておりませぬし、火傷の痕も見当たりませぬ」

「へぇ、つまり幻術強度を上げることによって、より本物のように錯覚させることができるっ

ってことか？」

「おぉ、ボーチは賢いな。その通りだ。ちなみに最初に見せた幻術強度はレベル１。これをレベル２に上げると炎の熱さを感じさせることができる。レベル３になると、実際に身体に直接的な害を及ぼすくらいにまで発展させられる」

「幻術でそこまで？　さすがにあり得ぬのではないか？」

シキの言い分はこうだ。いくら錯覚させても、実際に火傷を負わせたりそれ以上のダメージを与えることなどはできないと。だが彼の言葉を否定したのはイズだった。

「脳というのは複雑でいて、単純なものでもありますわ。シキ殿、炎という事象を見て何をイメージしますか？」

「何を……イメージ？　ふむ……熱いとか燃える……などか？」

「では肉体が炎に触れると？」

「それは火傷を負ってしまうであろうな」

「そう、そのイメージが錯覚をより強くさせてしまうのですわ」

「む？」

「幻とは脳が錯覚している状況を示す。そしてより強い錯覚は、幻を現実化してしまうことだってあるのですよ」

「どういうことだ？」

「こういう事例がありますわ。催眠で何の変哲もない鉄の棒を、熱した火の棒だと錯覚させ皮膚に棒を触れさせたら、実際に火傷を負ったのです」

「!?　それは真なのか?」

確かにそういう話は幾つもある。催眠が良い例だろう。脳の認識に伴って、肉体へ影響を及ぼすのだ。

イズが言ったような催眠が良い例だろう。実際にそこにあるわけでもないのに、あるように見えたり、酸っぱいものを甘いと感じさせたり、脳にそう思い込ませることで、虚構を真実として植え付けることができるのだ。

つまり幻とは、そういった思い込みによって形作られているということ。

「私の《幻術》は、相手の五感を刺激し、より錯覚しやすいようにさせることで、幻に現象力を与えているのだ」

「つまりヨーフェルはやろうと思えば、今すぐにここを火の海に変えることもできるし、美しい花々が咲き乱れる庭園にすることだってできる。だろ?」

「あくまでも本物ではないがな」

だが強力なスキルだ。応用範囲だって広いし、戦闘でも十二分に活かせる力でもある。これは良い拾い物をしたかもしれない。

「ただ残念ながら《幻術》にも制限があってな。この程度の炎ならば長時間維持できるが、大規模なものになると維持するのが難しくなる。それに対象は私の姿を見ている者に限られるしな」

まあ、どんな力だって大きくなればなるほど要求されるものも多いだろう。リスクや制限があって然るべきだ。それでも彼女の持つ力は十分役に立つだろう。

「これが私のスキルだ。ただ……ポーチのスキルは一体どういったものなのだ？　モンスターを使役したり、奇妙な道具を何もないところから取り出したり、それにポーチ自身も十分に強い。あり得ないことだが、もしかして複数のスキルでも持っているのか？」

当然全部《ショップ》スキルの恩恵ではあるのだが、ここで彼女に説明するかどうかは悩む。

誓いを裏切らないとはいっても、あくまでもそれは弟を見つけるまでの間だ。一応俺の能力を他言しないように誓わせることもできるが、さてさて……。

「……俺の力を絶対に他言しないって誓えるか？」

「自身の力ならいざ知らず、他人のことをベラベラと喋るような愚か者ではないぞ私は。それに私の言葉は、この世界の者には通じないしな」

……あ、そうだったな。いわゆる異世界語を喋るんだった。

「まあとにかく、俺のことを無闇にバラさないと約束できるなら教える。実際にその力でお前の弟も探すことだしな」

「ならば当然誓う。私にとって弟はすべてだ。あの子を探してくれる者の信を裏切るようなことはしまい」

俺はそういうことならと、ヨーフェルに自分のスキルのことを伝えた。

ただ事細かに説明したのではなく、金さえあればいろいろなものを手にできるということだけを教えた。

「そうか。ならこの《コアの欠片》も自由に使ってくれ」

「いいのか？」

「それで少しでも弟を助け出す糧にしてもらいたい」

俺は遠慮なく、彼女から幾つもの《コアの欠片》をゲットすることができた。これだけでも売却すれば、結構な額になるので嬉しい。

「しかし《ショップ》スキルとはまた奇妙な……初めて聞いたな」

「ヨーフェルが棲んでたとこでも、俺みたいな奴はいなかったのか？」

「いない。そもそもユニークスキルなのだろう？　同じスキルは存在しない。それに普通のスキルと違って、ユニークスキル持ちは百万人に一人いるかいないか、らしいからな。私が知っている中でも、ユニークスキル持ちは一人だけだった」

やはりユニークスキルは稀少らしい。エルフの長い歴史でも僅か数人程度で、彼女が住んでいたところでも一人しかいなかったという。

「ポーチ、君のその力で弟を探してくれるというわけだな？」

「まあな。捜索に有効なアイテムだって幾つかあるし」

「ならできるだけ早く頼みたい。きっとあの子は今も一人……心細い思いをしているだろう。

それに……危険もあるしな」

「危険？　その弟が、か？」

確かに見知らぬ場所に放り出された五歳児なんて、危険以外の何物でもないが。

「確かにあの子の身が危険ということもあるが、それよりも私が懸念しているのは弟に近づく周りの者たちだ」

「は？　どういうことだ？」

「……先程私が知っているユニークスキル持ちは一人だけだと言っただろう？」

「……ああ」

「その者こそが、我が弟――イオルのことなのだ」

「……はあ？」

「イオルのスキルは――《プラント》。自由自在に植物を操作し、また生み出すことができる能力なのだよ」

※

「ようやくギプスが取れたっていっても無茶はしちゃダメよ、恋音」

わたし――十時恋音は、病院からの帰り道、車を運転するお姉ちゃんに言われ「分かってるよ」と返事をした。

少し前、公民館に妹のまひなと一緒に身を寄せていたわたしは、タイミングの悪いことに、そこがダンジョン化してしまい、逃げる最中に右足を骨折してしまったのだ。ようやく今日、ギプスを取ってもらうことができた。

「おねえちゃん、まだいたいの？　いたいのいたいのとんでけ〜ってする？」

我が家の天使であるまひなが、隣で足を擦ってくれる。本当に可愛い。公民館ではこの子だけが取り残されてしまったものの、ある人のお蔭で無事救出された。

わたしはその人に心から感謝し、いつか恩返しをしたいと思っている。

だからできるだけ早く治ってほしいと毎日祈っていた。

「それでお姉ちゃん、本当にこれから家に戻るの？」

「そうよ。これからは私も一緒だし安心なさいな」

「でも……もしかしたらダンジョン化するかも……だし」

お姉ちゃんは、今まで地方に住んでいて一緒には住んでいなかった。世界が変貌したあとで、わたしたちのことが心配になって駆けつけてくれたらしい。

お母さんも運悪く海外で仕事をしていて、いまだに音沙汰はない。無事だといいけれど。

そんなわたしは、まひなと二人だけで家で生活するのは心配だったため、大勢の人たちが身を寄せる公民館にお世話になっていたのだ。

だからまだ家はダンジョン化していなかったし、住むことはできるかもしれないが、公民館のように突然ダンジョンと化してしまう危険性だってある。

「結局どこに行ったってダンジョン化の危険はあるわよ。だったら住み慣れた場所の方が、何かと動きやすいでしょ？」

「それはまあ……そうかもしれないけど」

「まひなだって、自分のおうちに帰りたいよねー？」

「うん！　まーちゃんね、みんないっしょがいい！」

「あんもう！　本当に良い子ね、まひなは！　さすがはマイエンジェル！」

「どうせわたしは天使じゃありませんよーだ」

「あらら、拗ねちゃった？　恋音ったら可愛いわね～」

「お姉ちゃん！」

「あはは、ごめんごめん～」

まったく、いつもお姉ちゃんはわたしをからかってくるんだから。

でも久々の自宅だ。お姉ちゃんはああ言ったが、実際楽しみなのは事実である。

やはり住み慣れた自分の家が一番だから。

ただ、お姉ちゃんの車でこうして街中を走っているとよく分かる。

いつもは大勢の人で賑わっている大通りには人っ子一人いないいし、建物からも一切の人気がない。まるでゴーストタウンにでも迷いこんだ感じだ。

たった数ヶ月で、まさかこんな状況になるなんて誰が思っただろうか。

こうして流れゆく景色の中、きっと幾つかの建物はダンジョン化していて、恐ろしいモンスターだってウロウロしているはず。

わたしは、学校と公民館で遭遇したダンジョン化を思い出し身震いした。どれも突然の出来事で、ただただ戸惑い逃げたり隠れたりすることしかできなかった。

運よくこうして命があったものの、多くの人たちが亡くなった。わたしの前で死んだ人たちもたくさんいる。

人間……いや、わたしは無力なんだなってつくづく思う。

そんな中、あの人——わたしの元クラスメイトである坊地日呂くんだけは違った。凶悪なモンスターたちが蠢くダンジョンに一人で乗り込み、見事まひなを救出してみせたのである。

まひなから聞いた話だが、彼はモンスターを自分の手で倒していたのだという。

一体何故彼はそこまで強くあれるのだろうか。

学校に通っていた時も、すべてが彼の敵になりイジメられていたにもかかわらず、毎日学校に来ては決して誰にも屈することはなかった。

あの強さの根幹にあるものが知りたい。そして自分もまた坊地くんのように強くなって、まひなやお姉ちゃんを守りたい。

「さ、着いたわよ」

考え事をしているうちに家に到着したようだ。

車が車庫に入り、それからドアを開けて外へ出る。もちろん警戒しながらだ。

どうやら家はまだダンジョン化していない様子である。とはいっても、お姉ちゃんとまひなは、わたしが入院している時もこの家に住んでいたので、今日病院へ迎えに来てくれるまでは平和だったということは分かっていたのだが。

玄関に入り、懐かしい我が家の香りが出迎えてくれた。

「ん～久々だなぁ～。お姉ちゃん、わたし荷物を部屋に置いてくるね」

「一人で行ける？」

「大丈夫だってば。怪我(けが)だって治ってるんだし心配し過ぎ」

わたしは荷物を持って二階へと上がっていく。まひなもトコトコとわたしの後ろをカルガモの雛(ひな)のようについてくる。

自分の部屋へ入ると、少し埃(ほこり)っぽい感じがした。さすがにしばらく掃除(そうじ)をしていなかったからだろう。

わたしは窓を開けて換気をしながら大きく伸びをする。

気持ちの良い風を頬(ほお)に感じつつ、わたしは外の庭に視線を落とす。

趣味で育てていた花はどうなっているだろう。公民館に避難してから、ずっと世話なんてできなかったから、きっと枯れているだろうけれど……。

「………え？」

思わずソレを見て言葉を失ってしまった。

何故なら、花壇に見慣れない蕾があったからだ。

しかもその大きさが尋常ではない。咲いたらラフレシアぐらいあるのではないかと思うほどの巨大さだ。そんな花を育てた記憶なんてない。故に何でそんな蕾がそこに生えているのか理解ができなかった。

「ま、まひな、ちょっとお姉ちゃん下に降りるね！」

まひなは部屋の中にあるクマのぬいぐるみを持って遊んでいたが、わたしがそう言うと、「まーちゃんもー！」と一緒に階下に行くことになった。

「あ、二人とも、今晩のおかず何にしようか？」

キッチンにいたお姉ちゃんが声をかけてきたが、わたしは「あとで！」と言って、慌てて庭へと出た。そして例の蕾を視界に捉えるが……。

……やっぱり見たことなんてない。もしかして……モンスター？

そういうモンスターだっているかもしれない。蕾に化けて近づいてくる人間を襲うといったような。

モンスターが、ダンジョンから出ないなんて話は聞くけれど、もしかしたらそんな制限がなくなって、どこかのダンジョンからフラフラとここへやってきたのではと思い背筋が凍る。

けれど何故だろうか。こうして近くで見てみて、そんな危険なものじゃない気もしてきた。

綺麗な桜色の蕾で、よく見れば淡く発光しているようにも見える。間違いなく日本に存在する植物ではないので怪しさ爆発ではあるが……。何て言うのか、優し気なオーラのようなものが発せられている感じがするのだ。

「わぁ！　おっきなおはな～？」

「あ、ダメ、まひな！　近づいちゃ！」

好奇心にかられたまひなが、固まっているわたしの脇を通り抜けて蕾へと駆け寄っていく。

わたしは急いで止めようとしたが遅く、まひなが蕾に触れてしまった。

すると突如、蕾から眩い光が放たれる。

「ま、まひなぁぁぁっ!?」

わたしは大切な妹の名前を呼びながら手を差し出す。

もし凶悪なモンスターだったらまひなは……！

そんな恐ろしい考えが脳裏を過った直後、光がシュッと勢いよく収束した。

そして再び蕾を見たわたしは、またも絶句して立ち尽くしてしまう。

何故なら巨大な蕾は、いつの間にか花開き、その中には――――小さな子供が横たわっていたのだから。

まひなも、いきなり現れた子供を見て、ジッと固まっている。

「ちょっと、いきなり大声を出してどうしたのよ！」

そこへお姉ちゃんがキッチンの方から駆け寄ってきた。

「ん？　どうしたの二人とも？」

「お、お姉ちゃん……あ、あれ……」

「あれ？　一体何があったって…………え？」

ようやくお姉ちゃんも、明らかに異常な花の中に眠る子供に気づく。

しばらく三人ともが押し黙った形で時間が流れる。

そんな中で、最初に口火を切ったのは——まひなだった。

「こんなとこでねてうと、かぜひくよー？」

寝ている子供の身体に、トントントンと触りながら声をかけていた。

「……ん……ぁ」

すると寝ていた子供から目覚めの声が聞こえてくる。

パチパチと薄く開けた瞼を何度も開閉させると、ゆっくりと上半身を起こして、目元を小さな手でゴシゴシと擦る。

そして思わず見惚れてしまいそうな紺碧の瞳が、わたしたちへと向けられる。

……可愛い……。

当然妹であるまひなだって可愛い。天使だと思っている。

でもまひなとはまた違ったベクトルというか、芸術品でも見ているかのような、完璧に仕上げられた極致でも見ているような気分になった。

一本一本絹でできているようなサラサラとした金髪を持ち、肌は艶っぽくそれでいてモチモチと弾力がありそうだ。宝石のように透き通ったその瞳は見ている者を飽きさせない。そしてどこか儚げな印象すら感じさせるオーラを醸し出している。

可愛さと綺麗さ、それに品性が高いレベルで整った現実離れした至高の造形物。

テレビとかSNSで、本当に愛らしい子供やその写真がアップされることがあったが、その子たちと比べても明らかに格が違うほどの魅力を備えていた。

「……#$……&G……OI＊?」

不意にその子が、キョロキョロと周囲を見回しながら口を開いた。

見た目だけじゃ男の子なのか女の子なのか分からない。けれどとても聞き心地の良い声音をしている。ただ明らかに日本語ではない言語を喋っていた。

またよく見れば耳が横に尖って伸びている。明らかに普通の人間とは違うその耳が不思議で凝視してしまっていると……。

「……ふぇ」

キョトンとした表情が一変し、くしゃりと泣き顔に歪んだ。無理もない。こんな小さな子が

目覚めると、周りには知らない人たちばかりなのだから。

わたしはすぐに安心させてあげようと、「あ、あのね……」と声を掛けようとしたが……その時。

「ふぇぇぇぇぇぇぇぇんっ!?」

甲高い泣き声が周囲に響き渡る。ただそれだけなら別に問題はなかった。まひなもよく泣いてしまうこともあり、対処には慣れているつもりだったから。

しかしこれは一体どうしたことだろうか。子供が泣き始めると、それに呼応するかのように周りの植物が急成長し始めたのだ。

「ちょ、ちょちょちょ、何よこれぇぇぇっ!?」

お姉ちゃんも驚愕した様子で叫んでいる。

地面から伸びた草や蔓などが壁や家に絡みつき始め、

「お姉ちゃん!?」

お姉ちゃんの足も被害に遭い身動きを奪われてしまった。

いや、よく見ればわたしもすでに両足が草で拘束されていた。それが身体を伝ってきて、首をギュッと締めつけてくる。凄い力でビクともしない。このままでは窒息してしまう。

わたしが育てていた枯れたはずの花々も、息を吹き返したように咲き乱れ、茎が伸びて子供の周りに集まり、まるで子供を守るように盾となっている。

い、一体何が起きてるの⁉　これ、あの子が……⁉

こんな不可思議なことができるということは、やはりあの子は人間ではなくモンスターなのかもしれない。道理で人間離れした可愛さだと思ったその時、どういうわけか、まひなだけは、草や花などに襲撃を受けてなかった。

「ま……ひ……な……っ、ダ……メッ……！」

近づいたらこの訳の分からない力に殺されてしまう。

だがまひなを襲う植物たちはおらず、まひながそのまま子供の傍へと立ち、

「いいこ、いいこ」

子供の頭を優しく撫で始めたのだ。

「どっかいたいの？　じゃあ、いたいのいたいのとんでけー」

まひながそう言うと、泣いていた子供がスッと泣き止み、まひなの顔をジッと見つめる。そして……。

「……Y&？」

「まーちゃんはまーちゃんだよ！」

「まー……ちゃん？」

「うん！　あなたはだーれ？」

「$S……$SH――イオル」

「いおう？　いおうっておなまえなの？　うんと……じゃあ、いーちゃんだね！」

「いー……ちゃん……？」

ちょっと待って、何で意思疎通ができているの？

「ま、まひな？　その子の言っていること、分かるの？」

「うん、わかうよー！」

……どういう原理でそうなっているのか分からない。

ただ二人の間には、言葉の壁などないように思えた。

「あのね、いーちゃんね、おねえちゃんをさがしてるみたいなの！」

「お姉ちゃん？　この子にお姉ちゃんがいるの？」

「うん！　ついさっきまでいたんだってー」

……なるほど。泣いたのは、傍にお姉さんがいなかったからというのもあるかも。

「いっしょにあそぼ、いーちゃん！」

まひなが両手をサッと子供――いーちゃんの前に差し出すと、いーちゃんも不安そうではあるが、ゆっくりとまひなの両手を摑んだ。

すると周囲を襲っていた植物の動きが止まり、わたしたちを拘束していた草たちも力が抜けたかのように地面に落ちた。

「はあはあ……た、助かったわ……」

お姉ちゃん、安心したのは分かるけど、股を広げて尻もちをついてる恰好は女子としてどうでしょうか？

けれど助かったのは事実だ。それもまひなのお蔭で。

わたしはそっとまひなと、いーちゃんの傍に近づく。すると、いーちゃんはわたしを見て怯えたようにまひなの背中に隠れる。

「だいじょーぶだよ、いーちゃん！　まーちゃんのおねえちゃんだから！」

いーちゃんが、まひなの言葉に対して何か尋ねると、

「うん！　と〜ってもやさしいよ！」

やっぱりいーちゃんの言うことを理解しているようで、まひなが笑顔で応じた。

そこへお姉ちゃんも近づいてきて、わたしたちは膝を折って、いーちゃんと目線を合わせる。

ハッキリ言うとちょっと怖い。間違いなくこの子は普通じゃないから。

けれどそれでも、今のこの子を見ていると、本当に寂しがる子供そのものにしか見えない。

だから……。

「こんにちは、いーちゃん。わたしは恋音っていうの。よろしくね」

通じるか分からないが、わたしは自分の胸に手を当てて「恋音」と強調して伝えた。

「こい……ね？」

「そうそう。んで、私はこの子たちのお姉ちゃんの愛香っていうのよ」

お姉ちゃんもまた同じように、自分の名前を強調する。

「あいか……」

「こーちゃんにあーちゃんってよべばいいよ！」

まひながお姉ちゃん呼びではなく、そうわたしたちのことを呼ぶ時がある。

「こーちゃん、あーちゃん……」

まひなの紹介により、少しだけ警戒を緩めてくれたようでホッとした。

「けど……あちゃあ……どうする、この状況？」

お姉ちゃんが周りを見ながら呆れたような声を出す。草や蔓、そして花たちが伸び切って、まるで何百年も放置された庭園のような場所になってしまっていた。

「GR%……&XC」

自分がしたことだと認識しているのか、いーちゃんはシュンとなっている。もしかしたら謝っているのかもしれない。

「あー大丈夫大丈夫！　こう見えてお姉ちゃんたちは掃除が得意だから！　ね、恋音！」

「へ？　あ、ああそうそう！　そうだよいーちゃん！　だから気にしないで！」

泣かれて、また植物たちが活性化したら手に負えなくなる。下手をすれば家が破壊されかねない。本当にまひながいて良かったと心から思った。

恐らく、同じ年頃の子供であるまひなだからこそ、いーちゃんも心を開いてくれたのだろうから。もしわたしとお姉ちゃんだけだったらと思うとゾッとする。

まひながいーちゃんに、わたしたちがどう思っているのか伝えると、いーちゃんもホッとしたような表情を浮かべてくれた。

「とりあえず掃除はあとにして、まずはいーちゃんに話を聞いた方が良いわね。いーちゃんもそれでいい？」

お姉ちゃんが尋ねると、またも不安気にまひなの服を掴む、いーちゃん。

まひなが「だーじょーぶだーじょーぶ」と言いながら、優しくいーちゃんの頭を撫でると、安心して家の中へとついてきてくれた。

※

「――植物を操る、か」

「それがそんなに危険なのです？」

俺の呟き(つぶや)に対し、ソルが小首を傾げ(かし)ながら尋ねてきた。

しかしそれに答えたのはイズである。

「当然でしょう。植物とは自然の恵み。つまりは自然そのものを操作できるということですわ。その気になれば大地を崩壊させ、果ては、文明そのものを壊滅させることだって可能になるでしょうね」

ソルが「ほぇ〜」と感心するように声を上げている。

俺もイズの意見に賛同だ。単に植物を操ると聞いてもピンとこないかもしれないが、植物の種類はそれこそ多岐に渡る。中には人間に害を及ぼすものだって多い。

もしそのようなものまで自在に生み出せるとしたら、イズの言ったように人間が作り上げてきた文明なんて簡単に侵食されてしまうだろう。

「しかも五歳児、ということは能力の制御もままならないでしょうし。もしその力が何らかの要因で暴走してしまえば、地図を書き換えないといけないほどの被害が出ますわね」

「その通りだ、イズ……といったか、君はとても賢いのだな」

ヨーフェルも、イズの知識には感嘆しているようだ。

「当然ですわ。伊達にワイズクロウではありませんし」

「ワ、ワイズクロウ!?　君がそうだったのか!?　……初めて見た」

「エルフでもワイズクロウって珍しいのか?」

「当然だよ、ボーチ。ワイズクロウといえば、今では絶滅危惧種とされている稀少種なのだからな。昔はたくさんいたらしいが、その知識と見た目の美しさから乱獲され数が減ったのだ。だから私も初めて見たぞ」

モテる女は罪ですわね、と言わんばかりに胸を張っているイズ。

「とにかく彼女が言ったように、暴走すると危険な能力をイオルは有している。というよりあの子はまだスキルを制御できていない。当然だ。まだ五歳なのだからな」

「なるほど。だから早く保護が必要というわけか」

その子自身ももちろん心配だが、暴走が起きて周りに甚大(じんだい)な被害をもたらすのを止めたいというわけだ。

「なら急いだ方が良さそうだな」

俺は《ショップ》スキルを用い、捜索に適したアイテムがないか検索し始めた。

「…………あった」

「!?　本当か、ボーチ！」

「ああ。今購入するからちょっと待ってろ」

俺は選択したものを購入し、《ボックス》からソレを取り出した。

「……紙？」

ヨーフェルが、俺が取り出したソレを見て眉(まゆ)をひそめながら口にした。

確かに見た目は、ただのA4用紙にしか見えない。

「ま、ただの紙じゃねえけどな。これは《サーチペーパー》といって、ここに捜索したいもののプロフィールを記入することで、そいつのところへ案内してくれる優れモノだ」

「こ、このような紙がか？　案内ってどうやって……？」

「とりあえず騙(だま)されたと思って、ここに弟の情報をいろいろ書いてみな」

半信半疑なヨーフェルに紙とペンを渡し、イオルの情報を書き込ませる。

この情報は細かであればあるほど良い。まあ、今地球上にいる五歳児のエルフと書き込むだけでも、十分に絞(しぼ)れるだろう。他にエルフがこっちへ来ていなかったらの話ではあるが。

「おお、ずいぶん丁寧(ていねい)に書き込んだな。これなら問題ないだろう」

名前、性別、出身地、年齢、趣味、外見などなど、探偵でも困らないような描写が書き込まれていた。

「一体これをどうするというのだ？」

「まあ見てりゃ分かる」

俺は紙から手を放す。普通はそのままヒラヒラと地面に落ちるはずだろうが、紙はそのまま宙に浮かぶとひとりでに形を変えていく。

その造形は、まさに紙ヒコーキ。すると紙ヒコーキは、ゆっくりと上空へ昇っていき、結構な高さまで上がるとピタリと止まった。そしてその場から一瞬にして消えた。

「き、消えた!?」

「いいや、ただ高速で飛んでっただけだ」

「と、飛んでいっただと？」

「ああ。あの紙ヒコーキは、書き込まれた情報に該当(がいとう)するモノのところへ音速を超える速度で向かってくれるんだよ。地球上のどこにいるか分からんが、すぐに見つけてくれるさ」

「音速を……だ、だから消えたように見えたのか……！　いや待て、アレを追いかけなくていいのか？」

「ああ、それも大丈夫」

俺はもう一枚の紙を《ボックス》から取り出す。

「《サーチペーパー》は元々二枚で一セット。飛ばしたのは《捜索・情報送信用》で、こっちは《情報受信用》」

「情報……受信？」

「つまりはさっきの紙ヒコーキが探し物を見つけると、この受信用の紙にそいつの居場所の情報が勝手に刻み込まれてくるって寸法だ」

「お、おお……そのようなことが！　私が知るアーティファクトでもそのようなものはなかったはず。まるで失われた古代アーティファクトのようなものだな」

「古代アーティファクト？」

「主様、僭越ながらわたくしがご説明申し上げます。古代アーティファクトとは、我らの世界で、遥か昔に栄華を極めていた王国が創り上げたとされる錬金具のことですわ」

イズが名乗りを上げて説明をしてくれた。

「錬金具？　それも初めて聞いたな」

「今はもう失われた古代のスキル――それが《錬金術》なのですわ。かつてその王国には、大勢の錬金術師が存在し、《サーチペーパー》のような便利な道具を次々と生み出し、栄華を極めていたのです。しかし王国は滅び、《錬金術》もまた過去の遺物として埋もれていきましたの。ただ彼らが創ったアーティファクトは、世界各地にいまだに遺(のこ)っており、それらを古代アーティファクトと呼び、国宝や世界遺産として保管されているのですわ」

へぇ、そんな話がイズたちがいた世界にはあったのか。

ということは、俺のこのスキルで購入できるファンタジーアイテムは、もしかしたら古代アーティファクトもたくさんあるのかもしれない。

「実際にどうなんだ？　《サーチペーパー》ってのは古代アーティファクトなのか？」

「申し訳ございません、主様。わたくしも幾つかの古代アーティファクトを知ってはおりますが、《サーチペーパー》についての知識はございません。不甲斐(ふがい)ないわたくしをどうかお許しくださいませ」

「いやいや、別に知らないならいいって。だからそんなに畏(かしこ)まるな。それにお前の知識にはいつも助けられてるしな、ありがとな、イズ」

「!?　な、何とありがたきお言葉……！　このイズ、歓喜で心が満たされておりますわ！」

相変わらず大げさな奴だ。というかイズって俺のこと好き過ぎじゃね？

「でもそんなすげえ王国が何で滅んだんだろうな」

「一説には、大災害に見舞われたといわれておりますが、詳しいことは判明しておりません」

イズが知らないならどうしようもない。まあ過去のことだし俺には関係ないが。

ただ《サーチペーパー》のようなものを次々と創り出せるなら、大災害だって何とか乗り越えられるような気もするけどな。

「……お、どうやらもう見つけたみたいだぞ」

「本当かっ!?　見せてくれ！　…………読めん」

「あー日本語だしなぁ」

齧(かじ)りつくように紙を確認するヨーフェルだったが、当然のように言語が違うので分からないようだ。仕方なく俺が読んで教えることになったのだが……。

「……ん？」

「ど、どうしたのだボーチ!?　ま、まさかあの子に何かあったのか!?」

「い、いや、ただ……思った以上に近場だったんでな」

「近場!?　この無人島の近くにいるのか!?　どこだ！　どこにイオルはいるのだ！」

「落ち着けって。俺が近いって言ったのは、俺とお前が出会った場所からそう遠くない場所にいるってことだ」

「出会った……場所？」

「そう、つまりは日本の――――俺が住んでた街だ」

再び《テレポートクリスタル》で日本へと戻ってきた俺たちは、《サーチペーパー》に刻まれた情報をもとに、そこへ向かっていた。

何でもイオルは現在三人の人間と一緒にいるとのこと。人間と聞いて不安になっていたヨーフェルだったが、《サーチペーパー》による見解では、その人間たちはイオルのことを大事にしてくれているらしく、それを聞いてヨーフェルはホッとしていた。三人とも女性で、会話の流れから恐らくは姉妹だということ。

《サーチペーパー》は、俺たちが回収するまでは、探し人を常に監視し続けるので、その周囲の情報なども送ってくれるのだ。集音マイクのような機能もあり、小さな声もちゃんと拾い上げるので、離れていても対象やその周囲の会話を情報としてこちらに送ることができるのである。

今、イオル含めた四人は、車で移動中だという。どこに向かうかは、会話の中から判断できないらしい。まだそういう話題がされていないのだろう。

俺たちは、《ジェットブック》に乗りながら、遥(はる)か上空から目的である車を追っていた。

「ん～……この方角は……【赤間霊園(あかまれいえん)】か？」

「アカマレイエン？　そこはどんなところなのだ、ボーチ？」

「墓地だよ。多くの人の墓がそこにあるんだ」

そして俺にとっても無関係の場所じゃない。

そこには、親父とお袋の墓があるからだ。

もしかしたらその姉妹らしい連中は、墓参りに行く途中なのかもしれない。こんな現状なのに、律儀な女たちだ。

霊園は山道を登っていった先にあり、やはりというべきか霊園に続く山を登り始めたようだ。

十中八九目的地は霊園だろう。

だがその時である。紙に刻まれた文字を見て、俺は表情を強張らせた。

「……マズイ」

「は？　どうかしたのか、ボーチ」

「ちょっと急ぐぞ」

「ボーチ……？」

俺は、【赤間霊園】がある山へと目を向けながら口を開いた。

「イオルが乗った車が、モンスターに襲われてる」

※

いつの間にか庭にあった大きな蕾から誕生したいーちゃんから話を聞くために、わたしたちの住む家に上げたのはいいが、まだ眠かったのかすぐに寝てしまったのである。

しかもまひなとギュッと手を繋(つな)いだまま。そうして見ると、顔立ちは違うものの姉弟のように見えた。弟も欲しかったわたしにとっては、何だかラッキーな出来事ではあるが、本当にこの子は何者なのだろうか。

お姉ちゃんは、悪い子じゃないし、まひなも懐いているから大丈夫とは言うけれど、だったらあの植物を操った力は一体何なのか……。

「そういえば、今日お父さんの命日でしょ？　お墓参りはどうする？」

お姉ちゃんが聞いてきたが、「どうしよっか……？」と逆に聞き返してしまう。

毎年家族みんなでお墓参りは欠かしていない。世界がこんなことになって、お母さんがなかなか帰ってこられないようだけど、せっかく三人が集まったのだから、やっぱりお父さんのところに行きたいという気持ちもある。

でも、いーちゃんのこともあるし……。

「じゃあこの子も連れてけばいいんじゃない？」

「え？　いいのそれで？」

「だって置いとくわけにはいかないでしょ？　それともお墓参りは中止する？」

「お墓参りは……したい。でも外は危険じゃない？」

「じゃあ……やっぱ止めとく？　母さんもいないし」

そうして今年のお墓参りを断念する方向に傾いたその時、

「おはかまいり、いきたい！」

突如、まひなが話に割り込んできた。

「ど、どうするお姉ちゃん？」

「……この子の保護者も、もしかしたら外で探し回っているかもしれないもんね」

あ、そうだ。いーちゃんはお姉さんを探していた。きっと眠る前には一緒にいたのだろう。ならこの街のどこかにいる可能性だってある。

もし今も探し回っているとしたら、すぐに会わせてあげたい。

「そう……だね。お墓参りがてら、この子のお姉さんを探してあげよっか」

「ＯＫ。そうと決まればさっそく準備して行くわよ」

そうしてわたしたちは、お姉ちゃんの車に乗って、父の墓がある【赤間霊園】へと向かったのである。

車に乗って移動している時に、いーちゃんが目を覚ましたので、いろいろ質問して答えてもらうことにした。

「ねえいーちゃん、いーちゃんのお姉さんってどんな人？」

わたしの質問に対し、いーちゃんはまひなの手を握りながら、若干（じゃっかん）不安そうではあるが答えてくれる。もちろんまひなの通訳を介してではあるが。

「んとね、おこったらこわいって」

まひながいーちゃんの回答を伝えてくれた。

「そっかぁ。優しくないの？」

「……とっても、やさしいって。ほかのひとたちにもにんきらしいよ。とくにおとこのひとたちにだって」

男の人たちに人気？　ということは……。

「へぇ、じゃあ美人さんなんだねぇ。お姉さんは何歳くらい？」

今度はお姉ちゃんが質問を投げかけた。

すると「ん」とお姉ちゃんを指差すいーちゃん。

「あら？　もしかして私くらいってこと？」

バックミラーをチラチラ見つつ、自分を指差されたことに気づいたお姉ちゃんが笑顔で聞くと、まひなから話を聞いて、いーちゃんがコクリと小さな頭を動かした。

そうやって質問していくと、いろいろ分かってきた。どうやらいーちゃんのお姉さんは二十代前半くらいの年齢らしい。間違いなく大人でホッとした。

実は双子の姉とか、そうでなくともまだ十代前半くらいの少女かもしれないと思っていたのだ。もしそんな小さな子が、一人で街中を探し回っていたとしたら危険である。だからせめて大人であってほしいという願いは叶ったようだ。

次にわたしが「お母さんとお父さんは？」と聞くと、いーちゃんは「いっしょにすんでる」と答えてくれた。

ただ両親よりもお姉ちゃんっ子らしく、いつも傍にいたのだという。

ちなみにお姉ちゃんの名前はヨーフェルというらしく、日本人ではないことは明らかだった。またいーちゃんの本名もイオルといって、顔立ちから女の子のように見えたが、れっきとした男の子だということも分かった。

イオルくんって呼んだ方が良いのか聞いたが、いーちゃんでも何でも良いとのこと。わたしはイオルくんと呼ぶことにした。

加えて、日本という言葉も聞いたことがないらしく、自分たちが棲んでいたのは【フェミルの森】という場所らしい。

そこで毎日行っている山菜採りをしていたが、気づけば家の庭にいたとのこと。

わたしは質問をしながらも、窓の外に広がる景色を見ていた。

イオルくんに似ている大人の女性を探すためだ。しかし残念ながら、それらしき人物は見当たらない。

お姉ちゃんも運転をしながら探しているようだが空振りに終わっている様子。

棲んでいる場所は分かったので、そこへ連れていければいいのだが……。

「お姉ちゃん、【フェミルの森】ってどこか知ってる？」

「初めて聞いたわよ。それに森に棲んでるってことは、多分外国でこの子はどこかの部族の子ってことじゃない？」

「あーなるほど」

じゃあ日本には観光で来た？　……いや、そもそもついさっきまで家の周辺で山菜採りをしていたらしいし……あれ？　じゃあどういうこと？

観光で来たなら、何かしらの乗り物には乗ったはず。飛行機、船、そのどちらもまったく乗った覚えがないのはおかしい。

それに山菜採りをしていたのだったら猶更だ。もしかしてその時に誰かに襲われて気絶し、その間に日本に連れてこられた？　だったとしても何故家の庭に？　という疑問が浮かぶ。それにあんな大きな蕾に隠すだろうか？

考えれば考えるほど混乱してくる。お姉ちゃんにも聞いてみたが、まったくもってイオルくんの素性は分からないという。

どうやって日本に来たのか、何故家の庭にいたのか、【フェミルの森】がどこにあるのかなど、どれも解明できていない。

「う～ん、とりあえずはこの子のお姉さん探しね。それで何か分かるかもしれないし」

お姉ちゃんの言う通りだ。今は少ない情報を集めて、イオルくんのお姉さんを探すだけ。イオルくんみたいに綺麗な顔立ちをした女性だったら、きっと見かけた人が絶対覚えているだろうから。

しかしこうして車の中から見ていると、本当に人気がない。いや、霊園がある山の中へと入っているので益々（ますます）といったところだ。

霊園には管理をしている人たちもいるので、彼らにダメ元でイオルくんのお姉さんのことを聞いても良いかもしれない。

もうすぐ霊園の駐車場へと到着する。だがその時だった。

――バコォンッ！

「ひゃあっ!?」

突然、車内の天井から大きな音がすると同時に、ベコリと天井が凹（へこ）んだのである。

な、何かが落ちてきたのだろうか……？

「ちょ、ちょっとちょっと今の何の音!?」

お姉ちゃんは、天井の様子に気づいていないようだ。

わたしが天井が凹んでいることを伝えようとしたが――バコンッ、バコンッ、バコンッ！

またも立て続けに天井から音がして、どんどん凹んでくる。

そして――。

「グギャアアアアアアッ！」

その咆哮（ほうこう）を聞き、わたしは背筋が凍る。何故ならその声音（こわね）は、かつて自分がダンジョン化した学校で隠れていた時に聞こえていた声とおなじだったから。

「ま、まさか……!?」

わたしは恐怖で支配されながらも、当たってほしくない予想を胸に抱き天井を見上げている。

すると車の天井からフロントガラスを覗き込むようにして〝ナニカ〟が顔を見せた。

さすがにお姉ちゃんもソレを見て、何が起こっているのか理解したようだ。

「モ、モンスターッ!?」

お姉ちゃんが咄嗟にブレーキを踏む。

「きゃあぁぁぁぁっ!?」

わたしは悲鳴を上げつつ、身体に食い込むシートベルトの痛みに顔を歪める。

そして急ブレーキをかけたせいか、天井にいたモンスターは前方へと吹き飛び地面を転がった。

車が停まり、わたしは隣に座っている子供たちを見る。

「まひな……イオルくん……無事?」

「おねえちゃぁん……ビックリしたよぉ」

泣きそうなまひなではあるが、どうやら怪我はないようだ。イオルくんも突然のことに驚いている様子だが、同様に無事のようでホッとした。

「はあはあ……！　う、嘘でしょ……!?」

お姉ちゃんがバックミラーを確認して、サッと後ろを振り向き真っ青な顔色を浮かべる。わたしも釣られて後ろを見てギョッとした。

舗装された道路の上にいるわたしたちのところへ、山から次々とモンスターが下りてきていたのだ。

「お、お姉ちゃんっ、前からも！」

見れば、転がったモンスターも立ち上がり、その奥の山から他のモンスターたちが姿を見せる。

「霊園が……この山自体がダンジョン化しちゃってるんだ……!?」

わたしは最悪な答えに辿り着いて戦慄した。

「じょ、冗談じゃないわよっ！」

アクセルを勢いよく踏み、車を走らせるお姉ちゃん。

「お、お姉ちゃん、どうするの!?　逃げなきゃ！」

「分かってるわよ！　でも後ろは塞がってるし、とりあえずこのまま駐車場に向かうしかないでしょ！」

確かに。本当はUターンをして、街へと逃げ出したいが、道幅も狭いのでそれができない。

一度広い場所へと出る必要があるのだ。

そうして最後の山道のカーブを曲がると、目の前には霊園の入口が見えてきた。

そのまま広々とした駐車場へと入る。そしてすぐに方向転換をして、来た道を戻ろうとするが……。

「……ヤバイってもんじゃないわね」

車が向かう方角には、すでにモンスターの壁が出来上がっていた。中には大型のモンスターもいて、たとえ車で突っ込んでもそのまま停止させられそうだ。

「ど、どうするのお姉ちゃん！」

しかしお姉ちゃんは、冷や汗を流しながら表情を強張（こわば）らせているだけだ。いつも頼りになるお姉ちゃんだが、さすがにこの状況を打破する策は浮かんでいないらしい。

「……とにかく車から出るわよ。このままじゃ囲まれてどうにもならないわ！」

「で、でもどこに逃げるの？」

「管理人が住んでる建物があったでしょう！　そこに逃げ込むしかないわ！　急ぐわよ！」

わたしたちはお姉ちゃんの言うことに従って、慌てながら車を降り、わたしはまひなを、そしてお姉ちゃんがイオルちゃんを抱いて走り出した。

少し坂道になっている道を突き進むと、その先には管理人が住んでいる建物がある。そこでは仏花や菓子類などを購入することもできるのだ。

それに建物はコンクリートで造られていたはずなので、そこに立てこもって今後の対策を立てるしかないだろう。

わたしたちは急いで坂道を上っていき、そして——絶望する。

何故なら、そこにあったはずの建物は、無惨（むざん）にも廃墟と化していたからだ。

恐らくは、ここで生まれたモンスターによって破壊されたのだろう。まさかコンクリートの建物でさえシェルターにならないなんて、やはりモンスターとは人間が勝てるような相手ではないのだ。

「ど、どうしよう、お姉ちゃん！」

そうわたしが発言した直後、廃墟と化した建物の陰からのっそりと見たことのあるモンスターが姿を見せた。

それはもうわたしのトラウマそのものの存在。間違いない。目の前に現れたのは、わたしのクラスメイトを虐殺したあの鬼だった。

「あ……あぁ……！」

「ちょ、どうしたのよ恋音!?」

わたしがそのままペコリと座り込んだので、お姉ちゃんが心配して声をかけてきた。それにまひなも目の前の鬼の恐怖を煽ることしかない形相に怯えてわたしにしがみついている。

「くっ、逃げるわよ！　立ちなさいっ、恋音！」

お姉ちゃんが、わたしの手を引っ張って無理矢理立たせてくれる。

だが鬼は金棒を持って近づいてきて、わたしの心を恐怖で締め付けてきた。あの時の光景が蘇り、身体が思うように動かない。

しかし鬼がどういうわけか足を止める。

見ると、鬼の足元から伸びた草が絡みつき、鬼の進行を食い止めていたのだ。

「！　……イオル……くん？」

見れば、お姉ちゃんの腕の中で、イオルくんが鬼に向けて右手をかざしていた。

あの凄まじい力を、この子は自在に操れるらしい。

……凄い！

「ゴルルルルッ!?」

身動きが取れず鬱陶しそうな顔でもがく鬼。

「恋音！　今のうちにっ！」

お姉ちゃんの言葉でハッとなって、わたしは全力で両足に力を入れて立ち上がり、まひなと手を繋ぐ。

そしてみんなと一緒に、お墓がある方へと走った。

追ってくるモンスターたちを引き離しながら墓地の中を駆けていく。

どうやらこのまま突っ切って、山の中へと逃げ込む作戦らしい。わたしもそれしかないと思う。

駐車場は、すでにモンスターに占領されているし、まだ手薄の山の中に入り、そのまま下っていくしかないと思う。もちろん舗装されている道路ではないし、急斜面になっているところもあって危険だが、モンスターを相手にするよりは幾分かマシだろう。

わたしたちは急いで山の方へと向かおうとするが、目の前にある墓石が突然弾けたように吹き飛んだ。わたしたちは悲鳴を上げて身を竦める。

そして前方を見て言葉を失った。

そこにはまたもいたのだ。あの鬼が。

どうも廃墟にいたモンスターとは別の個体のようだった。

「そ、そんな……!?」

これじゃあ逃げ道がない。後ろを振り返ると、草の拘束を引き千切ったのか、鬼がこちらへと近づいてきている。他のモンスターたちを引き連れてだ。

そして目前にはわたしのトラウマの相手が立ち塞がっている。

イオルくんが怯えているまひなを見て、怒ったような表情を浮かべると、またも先程と同じように鬼に向けて右手をかざす。

だが次は、鬼の方が動くのが速かった。金棒を地面に叩きつけ、その衝撃により発生した石礫や土の塊などがわたしたちへと飛んでくる。咄嗟にまひなを庇って背中を向ける。お姉ちゃんも同じようにイオルくんを守った。

背中に幾つもの痛みが走ったが、どうやらまだ命までは取られていないらしい。

しかし今の攻撃で、イオルくんの攻撃もキャンセルされてしまった。

鬼がすぐに距離を詰めてきて、わたしたちに向かって金棒を高く振りかぶる。

……ああ、今度こそもうダメかもしれない。

そこへ何を思ったのか、お姉ちゃんの腕の中から飛び出したイオルくんが、わたしたちの前に立って両腕を広げる。

それはまるでわたしたちを守るように。しかしこんな小さな子が勇気を振り絞ったとしても、到底凶悪な一撃を防げるとは思えない。

「逃げてっ、イオルくんっ！」

そうわたしが口にした直後、鬼の右目にグサッと何かが突き刺さったのである。

「グガァァァァァァァッ!?」

鬼は金棒を落とし、自分の右目に触れて激痛にもがき苦しむ。

そしてイオルくんの前に、人影が天から降り立つ。

その人物は、イオルくんと同じ髪を持ち、騎士のような凜とした佇まいをした女性だった。

彼女は弓を手にしており、鬼に向かってさらなる追撃を放つ。

放たれた矢は左目にも突き刺さり、鬼は堪らずに咆哮を上げながら両膝をつく。

女性がさらに矢を引き、鬼に向けて真っ直ぐ放った。

矢は鬼の眉間を貫き、そのまま勢いに負けて仰向けに倒れ込んだ。しばらく痙攣していたが、光の粒子となって空へと消えていった。

助かった……と思った矢先、背後から足音が聞こえてくる。

そうだ、まだもう一体鬼がいたのだ。

それに他のモンスターも大勢いる。

だがその時である。またも空から何かが降ってきたと思いきや、次々とモンスターたちを一掃していくのだ。

神速のごとき速度で動く二つの影、それらがモンスターたちを一撃で粉砕していき、そして鬼の頭上へと降り立った一人の人物がいた。

わたしはその人物の姿を見て驚愕する。

その人物は、手に持っていた刀らしき武器で鬼の頭部を貫いていた。

鬼はたった一撃で絶命したようで、そのまま前のめりに倒れると、先程の鬼と同じように光となって消えていった。

「ソル、シキ、そいつらを一掃したのち、ソルはコアを探しにいけ！　シキは俺の護衛だ！」

「「了解っ！」」

その人物は二つの影に指示を出した。

間違いない。

まだ横顔しか見えていないが、間違うはずもなかった。

「…………坊地……くん？」

無意識にわたしは、その人物――元クラスメイトの名前を口にしていた。

※

やれやれ、まさか【赤間霊園】までもがダンジョン化していたなんて思ってもいなかった。

その可能性はあったものの、実際にこの目で見て放置することはできないと判断する。

何せ、ここには俺の両親が眠っているのだから。さすがに破壊されたら困る。

その思いもあってか、俺は《ジェットブック》を急いで飛ばして霊園まで向かった。そして霊園の上空で《サーチペーパー》を回収し、その眼下を確認する。

すると、墓場で蹲っている人間たちと、その周辺にいるモンスターどもを発見。

「――イオルだ!?」

空からヨーフェルが、イオルの姿を確認する。どうやらたった一人で目の前の中型モンスターと対峙しているようだ。無茶過ぎる。

それを見たヨーフェルが、《ジェットブック》から飛び降りた。その最中で矢を放ち命中させるのだから大した腕である。

そして俺も、ソルとシキを引き連れて、もう片方にゾロゾロといるモンスターたちを一掃することにした。愛刀である《桜波姫》を手にして落下し、その勢いのままに中型モンスターの頭を貫いてやったのである。

ソルとシキに指示を出し、あとは奴らに任せていればいいと判断したその時だ。

「――トリしゃんのおにいちゃぁぁぁん！」

……聞き覚えのある声が背後からした。

いや、まさかそんな……。

そう思いながらゆっくり振り向くと、俺に向かって走ってくる小さな子供がいた。そのまま俺の足に抱き着き、にんまりとした笑顔で俺を見上げてくる。

「ま、まーちゃん……か？」

「うん！　まーちゃんだよ！　おにいちゃん！　またたすけてくれたの？」

「え、えっと……」

俺は冷や汗を浮かべながら、先程まで蹲っていた人間たちへと視線を向ける。

そこには――。

「……坊地くん……」

……マジかぁ……。

何でお前がここにいるんだよ――――十時。

十時が、ゆっくりと距離を詰めてきて、その速度が徐々に早くなっていく。

そのまま俺が立ち尽くしていると、彼女は速度を緩めることもなく俺に抱き着いてきた。

「ちょっ、お前何を……っ!?」

「怖かったぁ……怖かったよぉぉ……っ!?」

そう言いながら泣きじゃくる十時。問答無用で引き剝がそうとした手を、俺は溜息交じりに下ろす。

「………耳元でギャーギャーうるせえよ」

それだけを言うと、コイツが泣き止むまでそのままにしておいた。見ればヨーフェルもイオルを抱きしめて泣いている。どうやら弟も無事確保できたようだ。

見慣れない女性が一人立っているが、どことなく十時に似ている。コイツの姉か親戚だろうか。さすがに母親……ではないと思うが。若過ぎるし。

その女性がこちらに近づいてくると、

「もしかしてあなたが坊地くん、かしら？」

と尋ねてきた。

「……まあそうですけど」

ぶっきらぼうに答えると、その女性は苦笑交じりに十時に視線を向けて言う。

「こーら、恋音。それにまひなもそろそろ離れてあげなさい。坊地くんが困ってるわよ」

「!?　ご、ごめんなさいっ！」

自分が何をしているのかようやく気づいたのか、真っ赤な顔をして勢いよく離れる十時。

「やっ！　まーちゃんはこうしてう！」

だがまひなに関しては言うことを聞いてくれないようだ。

「もう、まひなったら……。ごめんなさいね、坊地くん」

「……いえ、ところであなたは？」

「あ、自己紹介がまだだったわね。私はこの子たちの姉の十時愛香よ。あなたのことは恋音から聞いているわ。改めて私からもお礼をさせて。まひなの命を救って頂き、本当にありがとうございました」

……やっぱ、まひなから情報が渡ったか。だから会いたくなかったんだけどな。

しかしまさかこんな場所で再会し、しかも俺の力までも見られるとはさすがに考えが及ばなかった。恨むぞ、神様。

「たまたまですからお気になさらないでください。俺はただ、ムカつく奴がいたんで復讐(ふくしゅう)しに行っただけですから」

「！　……王坂くんのこと、だよね？　……殺したの？」

「ああ、殺した。この俺の手でな」

「!?　……そう」

俺は正直に答えた。十時の姉は険しそうな顔をしたが、十時は物悲し気な表情を浮かべる。

これで俺なんかに関わらない方が良いと思ってくれると助かるんだがな。

そういう想いを込めて俺は人殺しだと正直に話したのだ。

〝ご主人、コアを見つけたのですぅ！〟

そこへすでにモンスターを一掃したソルからの連絡が入った。

「悪いが、少し用がある。まーちゃん、離れてくれないか？」

「……やだ」

離すもんかって感じでしがみつかれている。子供を邪険にするのは性に合わないんだが……。

「こらまひな、あまりワガママ言ってると、お兄ちゃんに嫌われちゃうぞ？」

「うっ……おにいちゃん、またもどってきてくれう？」

「……ああ、ちょっと用事を済ましてくるだけだ」

俺はまひなの頭を撫でると、彼女は「やくそくだからね！」と言って離れてくれた。

「ヨーフェル！　ここを少し頼むぞ！」

「！　……了解したぞ、ボーチ！」

ここを彼女に任せ、俺はソルの指示通りに、コアがある場所へと向かった。

コアモンスターがいるのかと思ったが、山全体ではなく墓地エリアだけがダンジョン化していたようで、それほどの規模ではなかったようだ。

俺は、ソルが見つけてくれたコアを破壊し、【赤間霊園】の平和を取り戻すことができた。

これで両親も安心して休んでくれるだろう。

……さて、できればこのままとんずらしたいんだけどな。

だがさすがにこのままというわけにはいかないだろう。坊地日呂という姿で力を振るうところを見られてしまったし。相手が知らない奴らなら良かったが、まさか知り合いだったなんて思わなかったのだ。

こんなことなら、相手が誰でも変身しておくべきだったと後悔している。

まあでも、ソルを見られた時点でアウトのような気もするが。一度ソルと一緒にいるところを見られているし。

それにダンジョン化した公民館に忍び込み、まひなを単独で救った実績も知られているので、今更誤魔化しても仕方ないだろう。ただ一応口止めくらいはしておく必要があるし、ヨーフェルたちを放置もできない。

俺は諦めてソルとシキを連れて、十時たちが待つ場所へと戻っていった。


「――おにいちゃぁん！」

またも俺の姿を先に見つけて駆け寄ってきたのは、まひなだった。俺は彼女を優しく抱き留めると、「だっこ！」と両手を伸ばしてきたので、苦笑を浮かべながら言う通りにしてやる。

……ていうか何でこんなに懐かれてんだ、俺？

〝やはり以前、殿に助けられたということが大きいのではありませんかな？〟

頭の中にシキの声が飛んできた。

そうなのだろうか。まあ子供に好かれること自体は嫌ではないが……元クラスメイトの妹じゃなかったら猶更だけどな。

「ボーチ！　本当に感謝する！　君のお蔭でこの子を――弟を助けることができた！　本当にありがとう！」

ヨーフェルが弟の手を引きながら俺に近づき頭を下げてきた。その弟はというと、聞いていたところ人見知りらしく、姉の後ろで不安そうに俺を見ている。

なるほど、確かに似ている。というかヨーフェルの弟としか思えないほどの見た目が。まるで映画やゲームから出てきたような愛らしいエルフの子供だ。

こんな子が弟なら俺だって溺愛するだろう。ちょっと羨ましい。

一応は自己紹介くらいしておこうか。

「初めましてだな。俺は坊地日呂だ。よろしくな」

「!?　……まーちゃんといっしょ？」

「は？　まーちゃんと……一緒？」

何でここでまひなが出てくるのか思わず小首を傾げてしまう。

「坊地くん、もしかしてその子の言葉が分かるの？」

そこへ話しかけてきたのは十時だ。

あ、しまった。そっか、コイツらはヨーフェルたちの言葉は通じないんだった。

「えへへ～、おにいちゃんとまーちゃんはいっしょだよ、いーちゃん！」

「……まーちゃん？」

「あのね、まーちゃんね、いーちゃんがおはなししてることわかうの！」

「え……」

何だって？　……何で？

俺だって最初は分からなかった。何故ならヨーフェルとイオルは異世界人だからだ。扱う言語が違うのは当然で、言葉が通じないからこそ俺は《翻訳ピアス》を購入したのである。

それなのに地球人であるはずのまひなが、何故意思疎通が図れるのか……。

「まーちゃん、本当にヨーフェル……このお姉さんが言っていることが分かるのか？」

「うん！　わかうよ！」

一体どういうことだろうか。ヨーフェルも驚いている様子だ。

「あはは、坊地くんも驚くよね。でもわたしたちだって驚きだよ。坊地くんだって会話できてるし」

「……まあ俺のことはどうでもいいだろ」

「っ……そう、だよね。ごめんね」

俺に突き放され、目が泳いでしまう十時。そこへ取り繕うように彼女の姉が割って入ってきた。

「ところでそちらの方がイオルちゃんのお姉さんでいいのかしら？」

「……はい、そうです。イオルの姉のヨーフェルですよ」

「そう。良かったわ、イオルちゃんのお姉さんが見つかって。そうよね、恋音？」

「う、うん、そうだね！」

イオルにとって、最初に出会えたのが十時たちで運が良かったのだろう。聞けば家の庭に見慣れない蕾（つぼみ）があって、その中からイオルが出てきたらしい。もう彼女たちも、イオルやヨーフェルが普通の人間じゃないことは理解しているだろう。

それにイオルの暴走に巻き込まれてしまったこともあったようだ。そのことを聞くと、ヨーフェルが彼女たちに必死に頭を下げていた。

しかしそんな目にあってもなお、イオルを保護してくれる人はそうはいない。だから十時たちに拾われたことは、イオルにとっては幸運だったのは事実だ。

「坊地くんは……その、イオルくんを探しにここまで来たんだよね？」

「ああ、お前らは……墓参りか？」

「うん。お父さんの……ね」

まさか霊園まで一緒だとは、つくづくコイツとは縁があるらしい。

「恋音、まひな、またモンスターが出てきたら危ないし、お墓参りは今日は断念しておきましょう」

「ああ、大丈夫ですよ。ここらにはもうモンスターはいませんから」

「え？　そうなの、坊地くん？　もしかして君が？」

「ええ、どうやらここはダンジョン化していたようですから。でも今はもう安全ですよ」

「……凄いのね、君は」

感嘆しているようだが、どことなく警戒しているふうにも取れる。ただ、まひなが懐いていることからも、俺を少なからず信用しているということだろう。

まあ警戒している理由は、俺がさっきした発言によるものだろうが。

「じゃあ二人とも、せっかくだから今のうちにお墓参りを済ませましょう。……ねえ坊地くん、良かったらそれまでの間、護衛してくれたら嬉しいんだけど」

……そんな義理はないと突き放すことは簡単だが……。

「おにいちゃんもいっしょ！　やったー！」

腕の中で喜んでいる女の子を無下にするのは困難だった。

「はぁ……実は俺の両親の墓もここにあるんで。ついでだから墓参りしますよ」

まだ命日は先だが、ここまで来たのだから墓石磨きや草むしりくらいはしておこう。

俺は廃墟に置かれていたバケツと柄杓を借り、その傍にある井戸から水を入れる。十時たちも同様にだ。そうして互いの墓がある場所まで進むのだが……。

「いやいや、もういいって……」

「？　どうしたの坊地くん？　何がいいの？」

俺が無意識に呟いたことを拾った十時が尋ねてきた。

「それにしても偶然だね。まさかお隣さんだったなんて」

そう、それなのだ。俺がもうそんな偶然いいって言ったのは。

…………はぁぁぁ。

いや、もう気にするのは止めよう。何だか気にするだけ無駄のような気がしてきたし。

十時たちが「使って」と言って線香を手渡してきたので、ありがたく頂いておいた。ヨーフエルとイオルも、掃除などを手伝ってくれて墓石周りを綺麗にしてくれる。掃除がすべて終わったあとに、線香を上げて手を合わせた。

……親父、お袋。多分信じられねえかもしんないけど、世界はとんでもないことになっちまったよ。

そう報告しながら、そういえばこうして報告するのは初めてだなと思った。

けど運の良いことに、俺には妙な能力があってさ、そのお蔭でそれなりに楽しい日々を送ってる。ソルやシキたちのことを思い浮かべ、不意に頬が緩む。彼女たちがいることで、きっと俺は救われているのだと感じている。

親父、親父に言われた信念も貫いてるよ。

納得できないものに背を向けるダサい生き方だけはしない。

だからこそ、イジメられていても決して膝を屈しなかったし、どんな逆境にあろうと諦めたりはしなかった。

お袋、ちょっと無駄遣いしてるっぽいが、そこは許してくれ。生きるためなんだよ。

生前、お袋は節制癖のある人だった。特にお金に関しては厳しい。将来のために貯蓄し、その上で俺たちが窮屈な思いをしないようにやりくりをしてくれていた。俺はそんな両親を誰よりも誇りに思うし尊敬している。

両親ともに正義感が強く、困っている人たちを見捨てられない人たちだから、今の俺の生き方を知ればきっと怒るだろう。

もう俺は両親のような生き方はできないだろうから。でも、両親に言われたことくらいは胸に刻み、間違うことのないように生きようと思う。

だから精一杯生きるよ。バカな息子だけど、最後まで見守っててくれ。

見れば、ヨーフェルも手を合わせてくれていた。

「ヨーフェル？」

「ん……いや、ボーチを生んでくれたご両親にお礼を言っていた。君がいてくれたお蔭で、この子を守れたのだからな」

「……そっか」

後ろを見ればイオルとまひなは、揃って手を繋いで仲睦まじく話している。

マジで会話が成立してるんだな……。

「さて、んじゃそろそろ帰りましょうか」

十時の姉がそう言い、一緒に駐車場まで向かった。だが……。

「やっ！　いーちゃんもおにいちゃんもいっしょ！」

ここで別れるということになって、まひなが駄々をこね始めた。

俺とイオルの手を握って絶対に離さないって感じだ。

イオルはそうでもないが、ヨーフェルは何だか困っている様子である。

「こらまひな！　お兄ちゃんたちが困ってるでしょ！」

十時の姉が、まひなを引き離そうとするが、「やーやー！」と叫びながら暴れている。

「……ね、ねえ坊地くん？」

「あん？　何だ十時？」

「その……た、助けてくれたお礼もしたいし、良かったら家に寄っていかない……かな？」

「……いや、今回のはたまたまだ。別に礼なんていい」

「…………あのね、わたし……坊地くんと話したいことがあって」

「前にまーちゃんを助けたことか？　だったらそれも偶然だ。さっきも言ったろ、そこに王坂がいるって聞いて、復讐（ふくしゅう）するために向かったら、たまたまそこにまーちゃんがいただけなんだよ」

「それは……うん、分かってる。でも話したいことは別にあるの」

……別？　他に何か俺に言いたいことがあるのか？

「恋音、あなたも無理なことばかり言わないの」

「！　お姉ちゃん……？」

注意を受けたが、十時は姉を「え？」という表情で見つめていた。擁護してくれるとでも思っていたのかもしれない。

しかし姉の方が常識があったようだ。こちらとしては助かる。

「悪いな、まーちゃん。お兄ちゃんたちは今から用事があるんだ。だからバイバイだ」

「おにいちゃん……いーちゃんも？」

「そうだ。一緒に行かないといけない場所もあってな。ごめんな」

「……………またトリしゃんにもあわせてくえう？」

実は今、ソルには隠れてもらっている。いればまひなに食いつかれてしまうからだ。

「ああ、今度な」

俺がまひなの頭を撫でると、渋々といった感じでまひなが俺たちから手を離し、十時の足にしがみついた。

「坊地くん……」

「ほら、さっさと車に乗れよ」

「っ……」

何か言いたそうだが、肩を落として踵を返し車の方へと向かう。

これでいい。何の因果か分からんが、妙な縁があってもその都度断ち切っていけばいいだけのことだ。だがその時、十時の足がピタリと止まった。

そしてグルッと勢いよく身体を回転させ、

「やっぱりこのままじゃ嫌だ！」

なんてことを言いながら、また俺の前まで早足でやってきた。

「坊地くん！」

「お、おう」

虚を衝かれた俺は、十時の気迫に、思わず返事をしてしまった。

「坊地くんがわたしのことを嫌いなのは分かってる！　それは当然で、わたしの自業自得だもん！　だから……分かってる！」

「……！」

「でも！　でも……わたしはこのままじゃ嫌なの！　迷惑だと思う！　本当に自分勝手だと思う！　でも……ほんの少しだけでもいいから、これからのわたしを見てもらえないかな？」

「十時、お前……」

正直驚いた。コイツがそんなことを提案してくるような奴だとは思ってもいなかったからだ。

教室にいた時も、いつも王坂の影に怯(おび)えていた。再会した時も、罪の意識で押し潰されそうなくらいに弱々しい奴だったのだ。

だからこんな前向きな発言をするとは思わなかった。

「わたしは変わりたい。あの頃みたいな弱い自分のままじゃ嫌なの。周りに流されて、正しいと思っていることができない自分なんて……そんな生き方はもうしたくない。後悔(こうかい)をしたくないの！」

その時、俺に信念を告げた親父と十時が重なり合った。

「坊地くんがわたしを認めたくないのも分かる。あの時から何もしてこなかったわたしだもん。だからわたしは決めたの。いつか、あなたに認めてもらえるような女の子になるって！」

「……どうしてそこまで？　俺はただのクラスメイトだったたってだけの話だろ」

「ううん。ただの……じゃないよ」

「？」

「わたしの知る限り、誰よりも強くあろうとしてる男の子だよ」

教室にいた時のコイツじゃない。再会した時のコイツでもない。

その時は常に目が泳ぎ、自分に自信がなく、俺に罪悪感しか覚えていない取るに足らないような人物だった。だが今、コイツの瞳には覚悟が宿っている。少なくとも、怯えていた時のコイツじゃ見せられない姿であることは確かだ。

俺と十時が、そうしてしばらく視線を交わしていると、

「ボーチ、少しいいだろうか？」

と、ヨーフェルが会話に割って入ってきた。彼女に「何だ？」と聞く。

「イオルが世話になったのだ。このまま何もせずに去るのは礼儀に欠けている気がしてな。それにこの子も、仲良くなった子と突然別れるのも忍びないだろうし」

……はぁ。変に空気を読みやがって……。

「……十時、少しだけだ」

「ふぇ？」

「少しだけなら付き合ってやってもいい」

「!? うん！　じゃあわたしの家に案内するね！　お姉ちゃんもそれでいいよね！」

「……仕方ないわね」

どこか釈然としない様子の十時の姉だが、了承してみせた。

小さい車なので、全員は乗れないからと、俺は《ジェットブック》を出す。

当然十時が、それが何か聞いてくるので、

「これで空を飛べるんだよ」

と、憮然とした態度で答えてやった。どうせ俺たちが空からやってきたのは分かってるだろうから、これで説明がつくはずだ。

しかしそこで「わたしも乗ってみたい」と言うので、「定員オーバーだ」と告げてやると、残念そうにまひなと一緒に車の中へと戻っていった。

そして車が走り出すと俺たちも《ジェットブック》に乗って後を追っていく。

「……勝手なことをしてすまないな、ボーチ」

飛行中にヨーフェルが申し訳なさそうに言ってきた。

「そう思うなら今後は控えてもらいたいものだな」

「すまない。しかし……どうも恩人が悲しむのを見ていられなくてな。あの者との間に何があったかは知らないが、本当に勝手なことをした」

「……まあ、今のお前は俺の協力者だ。その協力者が恩人に礼をしたいというなら、それに付き合うのも吝かじゃないさ」

「……ありがとう。イオルも喜んでくれてる」

「あ、ありがと……」

まだ人見知りが発動しているものの、礼を言ってきたイオルに「気にするな」とだけ返しておいた。

※

車内で、わたしは上機嫌だった。

ほんの少し前までは死を覚悟していたというのに現金なものだが、坊地くんに少しでも自分の想いを伝えることができて良かったたって思っている。

まだ彼には信頼もされないし、許されてもいないだろうが、それでもわたしにとっては大きな一歩を踏み出せたはずだ。

「……ずいぶん嬉しそうね、恋音」

「うん！　だって勇気を……出せたから」

「……そう」

何やらお姉ちゃんの声音が沈んでいるというか、暗い感じがして気になった。

「そういえばお姉ちゃん、何であんなこと言ったの？」

「……あんなことって？」

「前にわたしが坊地くんのことを話した時、次に会った時はお話しできるように応援してくれるって言ってたじゃない。それなのに……」

そう、わたしが坊地くんと話がしたいと言った時、お姉ちゃんは擁護するどころか、困らせるから止めろと注意したのだ。

いや、それは別に普通のことだし、正しい対応ではあるが、わたしの気持ちを知っている立場としては、できれば応援してほしかったのだ。

せめて一言くらい、「妹がこう言っているから」というような文言を添えてほしかった。

「………お姉ちゃん？」

急に押し黙ったお姉ちゃんを心配して声をかけた。

するとお姉ちゃんが、その重い口を開く。

「……彼とはあまり親しくしない方が良いと思うわ」

「……え？」

……今の、聞き間違い……かな？

「えと……お姉ちゃん？　何言ってるの？」

「だから彼とは距離を開けておいた方が良いって言ったのよ」

聞き間違いじゃなかった。

「な、何で？　何でそういうこと言うの!?　あんなに応援してくれてたのに！」

「ごめんね。けど……彼は危険よ」

「危険って……そんなことないよ！　まひなだって助けてくれたんだよ？　それに今回だって！」

「ええ、そうね。でも……彼は人を殺したって言ったわ」

その言葉に思わず言葉が詰まってしまった。

そうだ。確かに坊地くんは、人を――王坂くんを殺したと自ら口にしたのだ。

わたしもその時は衝撃的だったが、彼と再会し話せることだけに意識が向けられ、あまり重く受け止めていなかった。

「で、でも……已むに已まれぬ事情があって……それに坊地くんは、王坂くんにずっとイジメられてたし」

「それは知っているわ。学校中の敵に仕立てられていたのよね？　そしてあなたも彼の……敵側にいた」

「っ……そう、だよ」

「坊地くんが過ごしていた日常は酷いものだったでしょうね。もし逆の立場だとしたら、私は生きていられたかどうか分からないわ」

その通りだ。わたしならきっと……耐えられない。

「でも彼はそんなイジメの主犯に復讐をした。命を奪ったのよ」

「……そうだけど……」

「あなたの言いたいことも分かるわ。王坂くんって子には当然の報いなのかもしれない。聞けば彼のせいで自殺をした人もいたのでしょう？」

「……うん」

「だから私が聞いても情状酌量の余地はないわよ」

「だったら！」

「けれど彼は平気な顔をして人を殺したと言えるような子でもあるのよ」

「!?」

「見たでしょう。彼が自分が殺したと言った時の表情。一切の後悔なんてない、さも当然ような顔をしていたわ。ううん、それがダメなことなんて第三者の私には言えないわ。仮に私だったら、イジめられていた私に、王坂くんを殺せる力があったら殺していたかもしれないしね」

わたしは……どうだろう。イジメられていたとして、王坂くんを殺せる力があったら彼を殺すだろうか……?　……分からない。

人を殺したいと思ったことなどないし、そこまでの激情にかられるような環境に置かれたこともないから。

「どんな理由があっても、彼は一線を踏み越えた人なの。それに警察だって苦労するモンスターを簡単に倒す力もあって。……私たちとは住む世界が違うのよ」

そうか。この姉はきっと坊地くんを怖いって感じたのだろう。

わたしは実際に彼と会い、過去の彼も今の彼も知っている。彼が実はどんなに心根の優しい人なのかも実感していた。だからこそ、たとえ人を殺したとしても、彼の根元は変わっていないと思えるのだ。

それはまひなが懐いていることからも分かる。そしてそんなまひなを見る、少し困ったような、それでいて優し気な瞳を持つ坊地くんを知っているから。

けれどお姉ちゃんは、わたしの話でしか坊地くんのことを知らない。人を殺したことがある。目の前で凶悪なモンスターを瞬殺した。素っ気ない態度。

それらを吟味(ぎんみ)した結果、お姉ちゃんは坊地くんの実態が摑(つか)めなくて恐ろしくなったのだろう。きっとそれは、わたしたちを守るため。長女として、妹の平和を勝ち取るための防衛本能。

とても嬉しい。ありがたいことだ。こんな姉を持てて、わたしたち妹は幸せである。けれど、だからこそわたしが知っている坊地くんを誤解してほしくない。ううん、今は分からなくてもいい。これから彼のことを知ってほしいのだ。

「……お姉ちゃん、不安なのは分かるよ」

「！　……どういうことかしら？」

「大丈夫。……坊地くんは、とても優しい人だから。ね、まひな？」

「おにいちゃんのこと？　うん！　と～ってもやさしうて、つおいの！　まーちゃんね、おにいちゃんのことだ～いしゅき！」

「まひな…………はぁ、あなたたちは純粋過ぎるわよ、まったく」

「ごめんね。でも本当に坊地くんは危ない人じゃないから」

「分かったわよ。けどそれはこれから私自身が見極めるわ」

「うん、それでいいよ。きっとお姉ちゃんもすぐに良い人だって分かると思うし」

お姉ちゃんにも彼のことを分かってほしい。そしてわたしもまた、まだまだ知らない坊地くんのことを知りたい。

特にあの空飛ぶ本とか、モンスターを簡単に倒した力とか気になる。

一体いつからあんなことができるようになったのか。

わたしは、恐らく頭上にいるであろう少年のことを思い、窓の向こう側の景色を眺めつつ、早く家に着かないかなと逸る気持ちを抑えていた。

※

日呂たちが霊園を離れて数分後のことだ。多くの墓石に囲まれた霊園の最も高い場所で、奇妙な現象が起きようとしていた。

突如空間が蜃気楼のように揺らぎ始めたと思ったら、その揺らぎが大きくなり空間自体が歪み眩い光を放ったのである。

そして光が収束すると、そこには先ほどまで誰もいなかったはずなのに、一人の白髪の男性が呆然とした様子で立っていた。

薄汚れたヨレヨレの白衣を纏い、しわに塗れた青白い顔には、隈に覆われた陰湿な目つきと長い顎、それに右目にはモノクルが装着されている。

その佇まいから一見して医者のようにも見えるが、醸し出す雰囲気は不気味で、子供ならば泣いてしまいそうなほどの負のオーラを放っていた。

「んむぅ？　ここはどこじゃのう？」

男はキョロキョロと周りを見渡す。

「墓場……？　ワシは研究室におったはずじゃが……ふむぅ。もしやこれが噂に聞く〝光隠し〟かいのう？　じゃとしたら非常に興味深いんじゃが……」

そう言いながら空を見上げ目を細め、さらに近くに立っている木や草に触れる。

「……！　ほほう、実に面白い。よもやこのワシが知らぬものがあろうとはのう」

どうやら男にとって、触れた木々などの知識がなかったようだ。

「キヒヒ……ならまずは情報収集が先決じゃのう」

そう言うと、男が懐に右手を差し入れ、そこから小瓶を取り出すと、口で蓋を開け、中に入っていた紫色の液体を地面に流し始めた。

すると驚くことに、液体が染み込んだ地面がひとりでにモゴモゴと動き始め、次第に人型のように盛り上がっていき、最後には紫色の瞳を宿した土人形が完成した。しかも一体だけでなく、次々と複数体出現する。

「ワシのもとに未知なるものを持ってくるんじゃ。生物が望ましいが、もちろん最優先事項は現地民。――行け、しもべどもよ」

命令をした男の言葉に反応し、土人形たちがその場から去っていった。

第三章　幸芽島(こうがとう)

“SHOPSKILL”
sae areba
Dungeon ka sita
sekaidemo
rakusyou da

十時(ととき)が住む一軒家に辿(たど)り着くと同時に、思わずその外観に唖然(あぜん)としてしまった。

「……お前の家って、ずいぶん斬新(ざんしん)な見た目をしてるんだな」

「ち、違うからね、坊地(ぼうち)くん！　この植物たちはその……イオルくんの力でこうなっただけだからぁ！」

「……ああ、やっぱりそうなのか」

家の敷地内の草や花などが、アマゾンかってくらいに伸び切っている。しかもそれらが壁や家にも絡みついて、まるで長年放置された廃墟みたいだ。

「すまない！　すぐにイオルに元に戻させるから！」

そう言いながら頭を下げたのはヨーフェルだ。しかし当然、十時たちはまひな以外、彼女の言っていることは伝わっていないが。

「ヨーフェル、そんなことできるのか？」

「あ、ああ。イオル、お前の友達を元に戻してやるんだ。できるな？」

「おねえちゃん……うん、やってみる」

イオルが両手を前に突き出すような仕草をする。すると、ひとりでに植物たちが動き出し、地面の中に引きずられていくような感じで短くなっていく。

すげえな、これが《プラント》スキルの力か……！

まだこの程度で収まって良かったが、その気になればここら一体の地面を砕き、植物王国を作り上げることができるという。

一瞬にしてジャングルの出来上がりとなるわけだ。

環境そのものを作り変える能力か。さすがはユニークスキルだな。

流堂の《腐道》もそうだったが、やはりユニークスキルは規格外の力を備えているようだ。

しばらくすると、十時たちの家は植物の拘束から解放された。

掃除をしなくて良いということで、十時やその姉は凄く喜んでいる。

そして俺たちは十時の案内で家の中へと入ることになった。

前に母親は海外にいるという話を聞いたが、いまだに戻ってきていないらしい。

つまり今は三人でこの家に住んでいるというわけだ。

リビングに通され、ソファに腰を落ち着かせる俺たち。

イオルとまひなは、二人でスケッチブックに絵を描いて遊んでいる。それを微笑ましそうにヨーフェルが見ていた。そこへ十時が「こんなものしかなくてごめんね」と言って、常温の麦茶と市販品であろうクッキーを皿に入れて持ってきた。

「飲料水も食料も貴重なんだ。無理しなくていい」

「うん、ありがと。でもこれくらいはさせてほしいな」

なら麦茶だけでもと一口飲む。……ぬるい。

まあ冷蔵庫が機能しないだろうし、仕方ないといえば仕方ない。今の世では麦茶が飲めることだけでもありがたい状況なのだから。

「その、坊地くん、良かったらイオルくんや、その方のお話を聞かせてほしいんだけど」

まあ、当然気になるわな。何と言っても見た目からして日本人……いや、地球人には見えないのだから。別に秘匿するつもりもないし、恐らくは今後、こういった事例が増えるだろうと予測もしているから教えてやってもいいと判断した。

「俺も詳しくは知らん。だが……まず間違いなくコイツらは異世界の住人だ」

「異世界……？　それほんと？」

十時だけじゃなく、その姉もまた信じられないといった面持ちだ。

「見た目からして、こんな耳を持つ人種はいねえ」

「それは……そう、だよね。イオルくんもだし……」

「無理矢理身体を変形させるような部族は地球にもいる。カヤンっていう民族の女性は首長族としても有名だしな」

「あ、知ってる。前にテレビで観たことがあるよ。確か金属の輪っかを生まれた時からつけてるんだっけ？」

「正しくは真鍮（しんちゅう）のコイルだな。幼少時から首に装着し、それを徐々に増やしていく過程で、首が長く見えるようになるんだ」

「見えるように？　実際に長くはなってないの？」

「あれはコイルの重さで鎖骨（さこつ）を沈下させてる結果だな。そのせいで肩の位置が極端に下がって、究極のなで肩になってしまう。そこで真鍮リングを纏（まと）うから首が長く際立（きわだ）って見えるんだ」

「へぇ……」

「他にも頭蓋を変形させる民族だっていたりする。それにインプラント……いわゆる身体改造をする連中もいるしな。皮膚（ひふ）の下に器具などを埋め込んで、無理矢理身体の形を変えるんだ」

「……い、痛くないのかな？」

「さあな。けどそういう連中だって、最初からそうだったわけじゃねえ。人工的に外部から刺激を与えて変形させてるんだ。しかしコイツらは違う。この特徴的な耳は紛（まご）うことなき天然ものだしな。そんな種族は地球にはいねえ」

「……だから異世界人ってこと？」

「それだけじゃねえよ。実際にコイツ――ヨーフェルからいろいろな話を聞いて判断した結果だ。住んでいる場所、周囲に存在するもの、世界情勢なんかもな。そのどれもが地球には当てはまらない」

「……嘘を言っている可能性とか、は？」

「ねえな。嘘を言うメリットがねえ。世界がこんなことになっちまってるのに、わざわざおかしな人物として振る舞う利点がどこにあるってんだ？」

「それは……確かに」

「けれど異世界人って……さすがに、はいそうですかって信じられないわね」

十時の姉が疑問を口にした。

「間違いないですよ。コイツとイオルは、ファンタジーでも有名な、あの『エルフ』らしいですし」

「「エルフ!?」」

十時と彼女の姉が同時に声を上げた瞬間に、ヨーフェルとイオルがビクッとして二人を見つめた。

「ぼ、坊地くん！　エ、エルフってあのエルフ？」

「お前の言うエルフがどのことを言ってるのか知らねえけど、多分合ってるとは思うぞ」

エルフと聞いて思い浮かぶのは、大体みんな同じだろうから。

「そっかぁ……エルフってすっごく美形に描かれるし、こうして見ると、やっぱり綺麗(きれい)だもんね。ヨーフェルさんもイオルくんも」

「けれど恋音、本当にエルフって信じられる？　架空の存在のはずよ？」

「お姉ちゃん、でも架空のモンスターがこの世界にはいるよ？」

「あ……それもそうね」

そうなのだ。だからこそ俺もすんなりと受け入れられている。

もうすでにこの世界はファンタジーそのものと化しているのだ。故に今更エルフやドワーフとか、地球人ではない種族が現れても不思議ではない。

「でもどうしてエルフ……というか異世界人が地球に？」

俺は十時の疑問に、以前ヨーフェルが話してくれた〝光隠し〟について教えてやった。

「じゃあ過去にも、この地球に異世界人がやってきたって可能性もあるってことなのかな？」

「可能性としてはな。探せば今も生きてるんじゃねえの？　もしくはどっかの政府に囚われ実験室行きにされてるってこともあるがな」

「う……それは嫌だよね。想像したくない」

とは言うが、実際に異世界人を見つけたのが権力者だったらどうだろうか？　その知識、能力、身体の作り、そのすべてを調べようとするのではなかろうか？

何せ地球人とは異なった身体を持つ種族だ。ヨーフェルに聞いたが、エルフは長命種ということもあって、権力者が不老長寿の仕組みを手に入れたいという流れは、今も昔も変わらないだろうから。

「だから言葉も通じなかったんだね。けど……どうしてまひなや坊地くんには分かるんだろ？」

「……さあな。それこそ偶然じゃねえか？　まーちゃんだって言葉が分かる理由が分からないんだろ？　俺もたまたまってことだと思うぞ」

「……そっかぁ」

十時はそれで納得しそうになっているが、彼女の姉の方が俺を疑わしそうに見ているのが分かる。

まあ、俺だってこんな言い訳をされて簡単に、はいそうですかってことにはならないしな。

ただまひなという存在がいる以上は、そういう奇妙な現象が起こり得るという事実にも繋(つな)がり、俺の言っていることだって納得せざるを得ないだろう。

「……ボーチ、何故本当のことを言わないんだ？」

隣に座っているヨーフェルから、小声でそんな言葉が届く。

俺は言葉を発さず、目だけを向けて意思を伝える。「これでいいんだよ」、と。

彼女もそれを察してか、ここでの追及はしないでくれた。

「あ、でも異世界から来たんだったら、これからヨーフェルさんたちはどうするのかな？」

「コイツらは俺が引き取る。そういう約束でもあったからな。そうだよな、ヨーフェル？」

ヨーフェルが「ああ、その通りだ」と頷(うなず)くと、十時が続けて聞いてきた。

「一緒に坊地くんの家に住むの？」

「何だ？　ダメなのか？」

「ダ、ダメじゃないよ！　ダメじゃないけど……」

チラチラと十時がヨーフェルを見ながら目を伏せる。

「だってそれって同棲(どうせい)じゃ……。それに坊地くんって確かご両親がいないし……」

何やらブツブツと言っているが聞き取れない。

そこへ苦笑を浮かべた十時の姉が間に入ってくる。

「ねえ坊地くん、一応聞いておきたいのだけど」

「？　何です？」

「……君のことは恋音からいろいろ聞いたわ。……学校でのことも。だからあなたがどれだけ強い心を持つ子なのか知ってる。同じ人間として尊敬できるわ」

一体何が言いたいんだろうか、この人は……？

「けれどだったら何故、イジメを黙って受け続けていたの？　あなたほどの力があれば、人間なんてどうとだってできるんじゃないかしら？」

「ちょ、お姉ちゃん!?」

「あなたは黙ってなさい、恋音」

「っ……で、でも……」

「いいから、これはこの家を守る長女としても聞いておく必要があることなのよ」

……！　なるほど、この人がずっと俺を警戒していた理由はそれか。

当然の対応だろう。十時はともかく、この人とは初対面なのだ。いくら十時から俺の話を聞かされていても、実際に初めて俺を見たのは、俺が軽々とモンスターを殺すところだった。

それに俺は自分で王坂（おうさか）——人間を殺したと言ったのだ。警戒するのも無理はない。むしろ警戒させるために言ったということもあるが。

「……簡単な話ですよ。学校に通っていた時には、俺にモンスターを倒せるような力なんてなかっただけですから」

「！　じゃあこの数ヶ月で、あんなバケモノを倒せるようになったたっていうの？」

「その通りです」

「それはさすがに誤魔化（ごまか）そうたって無理がないかしら？」

「事実ですよ。まあ、信じてもらわなくても結構ですが」

俺と十時の姉は睨（にら）み合い、しばらく沈黙が続く。その間、十時はどうすればいいのか困惑し、ヨーフェルは静かに成り行きを見守っていた。

すると先に十時の姉が溜息交じりに肩を竦（すく）めながら口を開く。

「仮にそれが真実だとして、あなたは普通の人間なのよね？　その……実は異世界人だったとか」

「生粋（きっすい）の日本人ですよ。さっきも言ったように、少し前まではイジメられ続けていた情けない人間でしたね」

「な、情けなくなんてないよ！　だって坊地くんは、どんなことをされても絶対に逃げたりしなかった！　一度だって学校を休んだりもしなかったもん！　クラス中が……ううん、学校中が敵になっても、それでもたった一人で戦って……だから……っ」

突然十時が興奮気味に俺を擁護(ようご)し始めた。

「わたしは……坊地くんが何で急にモンスターを倒せる力を得たのかなんて分からない。でもそんなことどうでもいいの」

「恋音……」

「だって坊地くんが、本当はどんなに優しい人か知ってるから。こんなこと言うと、きっと坊地くんは知った風なことを言うなって怒るかもしれないけど、わたしは、坊地くんは信頼できる人だって思ってるから！」

コイツもずいぶん言うようになったものだ。教室にいた時の、あのおどおどしていた十時はどこへいったのやら。こんなふうに自分の意見をハッキリ言えるような奴じゃなかったんだがな。

「……そうね、恋音ごめんなさい。それに坊地くんも」

「……いえ、守るべき妹のために警戒するのは当然でしょうから。それに俺は、自ら人殺しだと言っていますしね」

「……ありがとう」

何やら礼を言われたが、俺はただ本当のことを言っているに過ぎない。どんな理由があっても、他人であり、人殺しでもある人物を警戒するのは当然のことだ。

「だったら一つ聞いてもいいかしら?」

まあ、質問は大体予想はついているが、俺は「何です?」と聞き返した。

「あなたはどうやって力を手に入れたの?」

「それを聞いてどうするんです?」

「私には家族を守る義務があるもの」

なるほど。もし強くなる手段があるなら、何とか手にして十時たちを守りたいというわけか。

さて、スキルについては教えてもいい。むしろ彼女たちがスキルを持っているのなら、その情報を得ることで購入できるようになるからだ。スキル一つだけでも高額だが、いずれ購入できるほどの財力が入れば、手数を増やすつもりではある。なので俺としては、スキルがコイツらにあってほしいが、さて……。

「……あなたたちに力があるか、それは簡単に調べることはできます」

「そうなの、坊地くん?」

十時も興味があるようで尋ねてきた。

「ああ、調べる方法も簡単だ。たった一言――〝スキル〟と口にすればいい」

「「スキル……」」

姉妹ともに同時にその言葉を口にした。

「どうだ？　目の前に変な文字が浮かび上がったか？」

「ううん、何もないよ？」

「私もね。スキルってあれよね？　ゲームとかにあるような」

くそ、どうやらこの二人にはなかったようだ。

「ええ、そうです。そのスキルを俺は持ってるんですよ」

「！　ど、どんなのかな？」

「……身体能力が上がるスキルだ」

俺の発言を受け、ヨーフェルの瞳が若干揺らいだが、どうやら積極的に俺の内情をバラそうとはしないでくれるらしい。

「身体能力……？」

当然フワリとした能力なので、十時は少し分からなそうな感じで呟いていた。

「まあ、今の俺なら片手で岩を砕けるぞ」

「ええっ、凄い!?」

「この力があるからモンスターとも戦えるってわけだ」

これなら不自然じゃないはずだ。実際にやってみせろって言われてもできることだしな。

「坊地くん、なら私たちにはスキルがないってことなのかしら？」

「恐らくは。以前、俺以外にもスキル持ちがいました。そいつも俺と同じく、スキルと口にした直後に、目の前に『スキルを取得しました』的な文字が浮かび上がったらしいですから」

「なるほどね……私たちにはその力がないというわけね」

悔しそうに下唇を噛んでいる。まあ今もスキル持ちの噂が立っていないところを見ると、やはりその数は少ないだろうし、仕方のないことなのかもしれない。

「……！　もしかしてイオルくんの力もスキルなの？」

俺は十時の質問に、ヨーフェルを見た。すると彼女は、キョトンとして俺を見ているだけ。

ああそうか、コイツには俺の言葉は通じるが、十時の言葉は分からないはずだ。

俺がヨーフェルに十時の質問を教えてやると、「別に伝えても構わない」という許可をもらった。まあ、実際に被害に遭っている十時たちだし、説明の義務があるとでも律儀に思ったのかもしれない。

「ああそうだ。エルフっていうのは、ほとんどスキルを持ってるらしい。俺もつい最近初めて聞いたことだがな」

十時は「そうなんだぁ」と、少し羨ましそうにヨーフェルを見ていた。

「ねえねえ、すきうってなぁに～？」

そこへイオルと遊んでいたまひなが近づいてきた。しかしすぐにピタリと止まって、ジ～ッと目の前を凝視し、そこには何もないはずなのに、手で触ろうとする仕草を見せる。

「ど、どうかしたの、まひな？」

代表して十時が、不可思議な行為をするまひなに問いかけた。

「えっとね、ここにね、なにかういてうの」

「浮いてる？　……！　い、今まひなってスキルって言ったよね、お姉ちゃん！」

「え、ええ……！　まさか!?　ま、まひな、あなたの目の前に字が浮かんでるの？」

「じ～？　うん、よめないけど……」

……コイツは驚いた。まさかまひながスキル持ちだったとは。

いや、そういえばまひなは《翻訳ピアス》なしで、エルフであるイオルと意思疎通ができていた。あれがスキルの力だとしたら納得できる。

まあ実際には〝すきう〟って発言だったが、認識としてスキルという言葉を言ったなら発現するのかもしれない。

「ぼ、坊地くん……どうしよう？」

不安そうに俺に助けを求めてくる十時。

「どうしようたって、別に結構なことじゃねえか。妹に力があったってことなんだし」

「で、でも……どんな力なんだろう」

それは俺も気になった。しかしこればかりは本人から直接聞かなければ分からない。

……いや、《鑑定鏡》を使えばあるいは……。

そう思い、俺は常々からポケットに入れている《鑑定鏡》を取り出した。

「坊地くん、それは？」

「これはある商人から金で買い取ったものだ」

「商人？」

「そいつは不思議な道具を売ってる奴でな。金次第で便利なものを手にすることができる。これは《鑑定鏡》といって、こいつを通して見ればモンスターの名前やランクなどの強さが分かるんだよ。もちろんモンスターだけじゃなくて人間にも有効だ」

「そ、そんなものが地球にあるのかしら？」

まあ当然の疑問だわな。

「その商人はスキル持ちなんでしょうね。こういう不思議な道具を作ったりできるような」

「！　なるほど、そういう考え方もあるのね」

「そっか。じゃああの空飛ぶ本もそうなんだね！」

これで納得してくれたかな？

俺は静かになったところで、《鑑定鏡》を通してまひなを見た。

「……！　……なるほどな」

「ぼ、坊地くん、何か分かったの？」

「ああ、まーちゃんは間違いなくスキル持ちだ」

俺の言葉に十時姉妹は息を呑む。

「……教えてくれるかしら、坊地くん」

妹のことだ。知りたいのは当然だろう。

「スキル名は――《リンク》」

「リンク……？　それって繋がるとかそういう意味の？」

「多分な」

俺は皆がまひなに注目している隙に、《ショップ》スキルで、商品として加えられていた《リンク》の説明を詳しく確認した。そこで、何故まひながイオルたちと意思疎通が図れたのか、その理由が明らかになったのである。

「あ、あの坊地くん？」

「ん？　何だ？」

「わたしにもそれ、覗かせてくれない？」

「……ほらよ」

「ありがと。……わ、ほんとに書いてる」

「本当？　私にもいいかしら、坊地くん」

俺は「どうぞ」と許可を出した。

「……本当ね。それに対象の状態とかも分かるのね。こんな便利なものがあるなんて……」

常識がどんどん崩されていっているからか、十時の姉は軽い目眩を覚えているような表情をしている。逆の立場なら俺だってそうなっているだろう。

「多分この《リンク》ってスキルは、文字通り相手と繋がって意思疎通が図れるような能力なんだろうな」

「だからイオルくんたちの言葉が分かったんだね！」

「というよりは、イオルが暴走した時、まーちゃんが無意識にスキルを使っていたからこそ、イオルにはまーちゃんが敵じゃないって伝わり、この子には攻撃を仕掛けなかったんじゃないか？」

「あーなるほどぉ……あれ？　でもまひな、スキルって今取得したんじゃ……？」

「これは俺の推測でしかないが、世界が変貌した瞬間、もうその時点でスキル持ちはスキルを使えてたはずだ。あくまでもスキルという言葉で、取得したと知らせたのは、本人に自覚を促すためのものなんだろうな」

そうでなかったら、まひなの能力に説明がつかないからだ。

世界が変貌した直後、スキルを与えられた人間がいる。しかしそれではいつまで経っても自覚はできないだろう。まひなのようにスキルなんて言葉すら知らない存在だっているのだから。

だからわざわざ君にはスキルがある、と自覚を促すシステムを作ったのだ。

それだったら最初から知らせておけと思うが、そのあたりの事情はさすがに分からない。そもそもこのスキルを誰が与えているのかすら分からないのだから。

とりあえず今は、そういうものだと理解しておくだけでいいだろう。

「えと、とにかくまひなの能力は、どんな人たちとも話すことができるってことかな？」

「まあ、そんな感じじゃねえか？」

〝ＳＨＯＰ〟の説明にはそう書かれていた。ただもちろんそれだけじゃない。

この《リンク》スキルを極めていけば、モンスターとも意思疎通を図り、相手の五感すら共有することができるらしい。つまりは、まひながここにいるのに、遠く離れた者が見ている景色や、ニオイなども感じ取ることが可能なのだ。

戦闘スキルではないものの、使いようによっては強力な支援能力になる。

「それだけを聞くと、あまり強いスキルとは言えないわね。通訳にはもってこいだけど」

「う～ん、でもお姉ちゃん、それでいいんじゃない？　まひなに戦闘能力があっても、さ」

「そうね、その通りだわ。それに人懐っこいまひならしい能力だしね」

《リンク》スキルか……手元にあったら便利な能力ではあるな。使い魔と五感を共有すれば、諜報役のソルが見ている光景を俺も見ることができるようになる。

これならわざわざ《カメラマーカー》を使ってモニターで確認せずとも、《コピードール》の使い方にも幅が広がるし、できれば取得したいスキルの一つだ。

でもやっぱ高いんだよな。……五億するし。

どうやら普通のスキルは基本的には五億らしい。ユニークスキルはその三倍の十五億。なかなか簡単には手が出せない。もっと稼がなければ。

そうだ。こんなところで油を売っているわけにはいかないのだ。それにヨーフェルたちの今後についても話し合う必要があるのだから。

「そろそろ俺たちはお暇させてもらうぞ」

「え？　……もう帰っちゃうんだ」

残念そうな声音を漏らす十時。しかしいつまでもここにいてもメリットがないのだ。まあ、まひなのスキルが得られたのは嬉しい誤算ではあったが。

「あ、あの坊地くん、また……会えるよね？」

「さあな。俺もいろいろ忙しいからな」

「忙しい？　何かしてるの？」

「当然だ。こんな世界だ。生きるためにはしなきゃならないことが山ほどある」

「そっか……そう、だよね」

「お前も死にたくないなら……まーちゃんたちを守りたいなら、必死に知恵を絞ることだな。それはまあ、そっちにも言えることだが」

俺は視線を十時の姉へと向ける。

肩口がざっくり開いた小袖のミニスカ袴姿に
狐の耳と尻尾をあわせた平折に、
黒を基調としてところどころに紅をあしらった
ゴスロリドレスに身を包んだ南條凜。

2人の衣装や容姿もさることながら、
平折の小柄ゆえにぴょこぴょこ動く耳と尻尾も愛らしいいし、
普段きりりとした印象のある凜が
甘いフリルやレースつきのドレスを着ていることのギャップが、
見る者のため息を誘発している。

「はい、サインはこちらの方に書いておきますね——すぅくん」
「…………え？」
今度は俺が驚愕で目を見開く番だった。
有瀬陽乃からはやけに感情の込もった瞳を向けられている。
見つけてくれた
すぅくんへ
ひぃちゃんより

平折はどこか慈愛を感じさせる表情で
俺の顔——先日殴られた頬に手を添えた。
「すぅくんは、いつだって無茶をするんです」
「それ、は……」
平折の手は少しひんやりしていた。
おかげで考え過ぎて熱を持ち始めていた
俺の頭が冷やされていくのがわかる。
少し冷静になれば、
今度は違った意味で頬が熱くなっていく。

「あ、あんた迷いもなくそれって……ひ、卑怯よ！」
「な、え、ちょっ!?」
いきなり正面に回り込まれたかと思えば、俺の膝の上に対面で座りこんできた南條凜。
その距離はどこまでも近く、一瞬にして身体中の血を沸騰させられてしまった。

肩が触れ合うほど至近距離で密着し、まるで抱きかかえるかのように引き寄せて、平折の頭を撫でた。

「んっ」

「……ぁ」

戸惑いつつも、平折に潤んだ瞳で見上げられると、今度は違った意味で見ていられなくなって目を逸らす。

きっと俺の顔は真っ赤だったと思う。

平折は気が抜けたのか安心したのか、全身の力を抜いて俺に寄りかかってきた。

頭はコテンと俺の肩を枕にしている。

「昴はちゃんと考えて、その答えを出せるやつだって知ってるから。あたしが保証する」
そう言って南條凜は、見惚れるような笑顔を浮かべる。
その顔で言い切られれば、なんだか心が少しだけ晴れやかになったような気がする。
あぁ、やはり太陽みたいな女の子だ。

ットブック》で無人島へと戻った俺たち。

働いているモンスターたちを見てイオルが驚いていたが、ヨーフェルからの説明で、ここにいるモンスターたちは危険ではないことを知りホッとした。

そしてヨーフェルたちの今後について話し合うために、家の中に入ろうとした俺を、ヨーフェルが止めたので、「どうした？」と尋ねる。

すると、ヨーフェルがいきなり俺の前で跪(ひざまず)いてみせたのだ。

「――ボーチ、この度(たび)は本当に感謝してもし切れない」

「そんなことはいいから立て。対価ならこれからの労働力という契約がもうされてる」

「それもそうだが、話を聞いてもらいたい」

どうやら体勢を崩すつもりはないようだ。

「……はぁ。分かった。何だ？」

仕方なくこの状態で彼女の話を聞くことになった。

「我らエルフという種族は、永き時を生きる種である」

それは聞いた。実際にエルフの長老と呼ばれる存在は、軽く一千年を生きているという。

「その長い人生の中、エルフの生き方は二つに分かれるのだ」

「……ほう？」

「一つは天寿(てんじゅ)を全(まっと)うするまで森に永住し、子を作り育てていく生き方」

別におかしいことではない。人間だって普通はそういう生き方だしな。

「そしてもう一つは、己のすべてを捧げられる主を見つけ、ともに生き、そして死ぬ。そういう生き方だ」

「……主？」

「そうだ。広い世界を旅し、己に見合う主を探し求める。そして仕えた主を未来永劫支え続けるのだ」

「……！　お前まさか……」

話の流れで何となく分かったが……。

「ボーチ……いや、ボーチ・ヒロ様、どうか我がマスターになって頂けないか」

ほら、やっぱりそういう話だった。

「……つまり俺に仕えたいってわけか？」

「ああ。あなた様こそが、我がマスターに相応しいと感じた。どうだろうか？」

「とはいってもな。何で俺なんだ？　俺は偉人でもないし、何かを成したわけでもない。それにお前にとっては異世界人だぞ？」

「もちろん存じている。無論あなた様には弟を救って頂いた恩があるが、それだけで決めたわけではない。モンスターたちを使役するほどの力を持ち、自身もまた心根の強いお方であることを承知している。その何物にも屈しない王のごとき気質に惚れたのだ」

「王って……俺は、ただ納得できないことには従わないってだけだ」

それが親父から譲り受けた信念でもあるし、自分の美学でもある。

「それにもう一つ。私が住む村の長老から、私は幼い頃に予言を与えてもらっていたのだ」

「予言？」

内容を聞くと、彼女はすらすらとその予言を口にした。

『遥か遠き彼の地により、お主は生涯をともにする者と邂逅を果たすであろう。その者は怪異を従え、強き心を持つ孤島の王。お主はその者に救われ、永遠を誓うことになる』

確かに今の状況に当てはまるし、まんま俺のことを言っているような気もしないではないが、少し都合が良過ぎる展開じゃないだろうか……？

「故にこの場に連れてこられた時に、私はその予言を思い出し、不躾ながらもあなた様を観察させて頂いたのだ。そして間違いなく、あなた様こそ我が生涯の主だと断定した」

「……気のせいかもしれないぞ？」

「ならばここで斬って捨ててほしい」

「きっ⁉　は、はあ⁉　お前、いきなり何言ってやがる⁉」

「エルフは、生涯ただ一人に仕える種族でもある。そしてもし、主に仕えられないのであれば、その人生をそこで途絶えさせ、来世に臨むことが、旅に出たエルフの義務なのだ」

おい誰だよ、そんな物騒な義務を作ったのは！

「あ、あのな、お前は別に旅をしてたわけじゃねえだろ？　突然〝光隠し〟にあって、仕方なくこの地に飛ばされただけだ」

「それもまた時空の旅ともいえる。本来出会うことのなかったはずの私とあなた様。しかし運命の輪は回り、こうして邂逅を果たすことができたのだ。予言は正しかった。私はこの機会を逃したくはない」

……正直、忠誠を誓ってくれるのであれば問題はない。エルフというのも興味深い存在だし、短い付き合いながらも、コイツが誓いを遵守する奴なのは分かっている。

言うなれば『使い魔』がもう一人増えるのと同じ。だから別に構わないが……。

…………何かちょっと重い。

確かにソルたちも十分過ぎるほどの忠誠を誓ってくれている。しかしこれはあくまでも『使い魔』としてのシステムがそうさせているはずだ。

対してヨーフェルは違う。自分で考え、自分で選択ができた中で俺を選んだ。

しかもこの目……。一ミリも揺らぎのない真っ直ぐな瞳。まるで俺のことしか見ていないような、ちょっと危うささえ感じる。

一途と言えば聞こえは良いが、少し間違ったらストーカー行為に走ってしまう気がして若干身震いをしてしまう。

　まあそれだけ忠誠心が強いってことなのだろうが、こんな人間……ではなく、人型生物と接するのは初めてなので戸惑う。ただ……コイツなら俺を裏切るようなことはないのかもしれない。そう思わせてはくれる。

「………分かった」

「!? 真か、マスターよ！　本当にこれから私のマスターになってくれるのだな！　マスターよっ！」

「いや、すでにマスターって呼んでるからね……」

　ちょっと興奮し過ぎじゃないだろうか。

「当然興奮もするというものだ！　主を求めるエルフにとっては人生を決める大事な分岐点なのだ！　それに旅に出たからといって、確実に自身の求める主と出会えるとは限らん！　志半ばで散るエルフだって大勢いるのだ！　その中で私はこうして劇的な運命を迎えている！　これが喜ばずにいられるだろうか！」

「あ、ああ、分かった分かった！　ちょっと圧が強過ぎだっつうの！」

　それにしても予言なんて不確かなものを信じるなんて……。

　そういえばヨーフェルが初めてこの島に来た時も、それらしいことを言っていたような気がする。

あの時から俺との出会いが予言に繋がっていることに気づいていたのかもしれない。それで確証を得るために、俺をずっと観察していたようだ。

「では改めて名乗りを上げさせてほしい」

ヨーフェルが跪いたままで、自分の弓を両手で持って俺に捧げてくる。

俺は何となくその弓を手に取ると、ヨーフェルが掌を差し出してほしいと言ってきたので言う通りにしてやった。するとヨーフェルが、自身の親指を噛み血を流す。そしてその指を俺の掌へと擦りつけた。

思わず手を引っ込めそうになったが、そういう儀式なんだろうと思い我慢する。

「我が名はヨーフェル・サンブラウン。マスターの弓。この命尽きるまで、あなた様に付き従うことを誓う」

直後、俺の掌に塗られた血が発光し、まるで沁み込むように消えていく。

「これで血の盟約は完了した。これから弟ともどもよろしく頼む、マスター」

「……別に楽にしていい。肩肘張ってても窮屈なだけだしな」

「それは命令か？」

「……命令だ」

そう言った方が、話がスムーズに進むだろうと予見してのことだ。

「承知した。しかし態度はともかく言葉遣いくらいはやはり変えた方が良いだろうか？」

「それも好きにしてくれ。他の《使い魔》たちだって自由に接してきてるしな」

「うむ、そうだったな。我らが諸先輩方には改めて挨拶をせねば。ソル殿、シキ殿、イズ殿、此度マスターの従者となったヨーフェルだ。今後ともよろしく頼む」

「お～！　お仲間さんが増えたのですぅ！」

「うむ、互いに殿を守るために精進致そうぞ」

「ふふ、《使い魔》ではないけれど、エルフの従者は、きっと主様のお役に立つはずですわ。歓迎致しますわよ」

どうやら三人とも、ヨーフェルを受け入れることに不満はないようだ。

ソルが俺も気になっていたことをヨーフェルに聞いた。

「あ、でもでもぉ、イオルくんはどうするのですぅ？　イオルくんもご主人をご主人にするですかぁ？」

「いや、この子にはまだ早い。まだ五歳でもあるしな。エルフが主探しの旅に出るのを許されるのは十歳になってからなのだ。だからマスターに忠誠を誓うのは無理なのだが……この子をここに置いてもらってもいいのだろうか？」

「別に構わんぞ」

「おお！　さすがはマスター！　心が広い！」

いや、ただ無邪気な子供は歓迎だということだ。それにヨーフェルの弟なのだから、さすがに無下にはできない。

　しかし嬉しい誤算になったものだ。ヨーフェルの労働力だけを期待しての依頼だったが、まさか彼女の忠誠そのものを得ることができるとは喜ばしい。

　今回、モンスターと戦うヨーフェルの実力も分かった。シキほどではないが、Bランクのモンスター相手なら単独でも戦えるほどの実力を有しているだろう。

　いや、彼女のスキルである《幻術》を駆使すれば、それ以上のランクを持つモンスター相手でも立ち回ることができるはずだ。

　これでダンジョン攻略などもスムーズに行うことができるようになる。

「イズ、ヨーフェルとイオルに、この島の案内をしてやってくれ」

「畏まりましたわ。ではどうぞお二人とも、ご案内致しますわよ」

　二人はイズと一緒に離れていった。

「ご主人、これからどうするですか？　商売に戻るです？」

「いや、この島に新しい仲間が増えたことだしな。今日は歓迎会でも開こう」

「わぁ！　じゃあ今日もご主人がたっくさんお料理作ってくれるですかぁ！」

「はは、そうだな。その予定だよ」

「やったーなのですぅ！　ご主人ご主人！　ソルはマッシュポテトが食べたいのですぅ！」

　お前、本当にそればっかだな……マジで。

俺はヨーフェルたちの歓迎会を祝して料理を作るために家の中へと入っていった。

俺は購入した食材をテーブルの上に並べていた。

今日は前回みたいな大宴会というわけじゃないので量は少ないが、せっかくの新しい仲間ということもあって、それなりに振る舞うつもりだ。

「まずはコイツの下拵え、だな」

俺が最初に手に取ったのは今日のメイン食材だった。

しかしそいつは全体が金粉を纏っているかのように黄金色に染まっていて、神々しささえ感じる輝きを放っている。

「ご主人、その塊は何です？　見たことないのですよぉ」

「コイツは――《黄金豆腐》。名前の通り豆腐の一種だが、豆腐の中でも極めて稀少なものらしい」

「金ぴかなのですぅ。何でこんな色を？」

「四年に一度しか実らないってされてる《黄金大豆》から作ったからだろうなぁ」

その大豆もまた全体が黄金に輝いているのだ。

「ほう……殿、それほど稀少ならば高値がつくのではありませぬか？」

シキも気になったのか聞いてきたので正直に答えてやる。

「この豆腐一丁で何と――三万円だ」

「何と!?　……ずいぶん奮発しましたなぁ」

「俺も一度食ってみたかったしな。ちょうど良いタイミングだった」

せっかく異世界の食材が食べられるのだから、金に余裕があるならいろいろ購入して食べてみたい。

「豆腐……ということは本日作られるのは……」

「ああ、野菜たっぷりの湯豆腐にしようと思ってる」

イズからの情報だと、エルフというのはあまり肉は好まないらしい。山菜や果実などの優しい味を口にして生きているようだ。

だからこその豆腐というわけである。それに鍋(なべ)にすれば、自ずとそれをつつく者たちの親密度も上がるだろう。

「ご主人……マッシュポテト……は?」

「安心しろって、ソル。ちゃんと作ってやるから」

鍋にマッシュポテトは絶対合わないと思うが、どうせソルしか食べないだろうから良しとする。

俺は異世界において南国にしか存在しないという豆腐との相性がバッチリらしい《仙人昆(せんにんこん)

布》で出汁を取る。何でもこの昆布は仙人と呼ばれた者が作ったものだと言われていて、喉越しの良い、素晴らしい出汁ができるのだ。

「あとは野菜を手頃な大きさにカットするだけだな」

野菜ももちろんファンタジー食材祭りである。

《百年白菜》に《桜ネギ》、《クローバー人参》に《銀星シイタケ》。それらを鍋料理に相応しい形に切って皿に盛りつけていく。

そして俺特製のポン酢を作って、下準備は完成した。

「けどこれだけじゃちょっと物足りないかもなぁ。よし、あれも作るか」

「あれって何なのです?」

「鍋っていえば最後に締めが必要だろ?　せっかく良い出汁ができるんだし、最後はうどんでもぶち込もうって思ってな」

「うむ、では殿、某も麺づくりには造詣があるのでお手伝いしましょうぞ」

「ああ。じゃあ麺はシキに頼むかな。俺は薬味を作っておくから」

「ソルもお手伝いするのですぅ!」

そうして三人仲良く夕食作りに励んだのであった。

イズの島案内が終わって、ヨーフェルたちが家へと戻ってきた。

ちょうど夕食時だったことからも、恐らくはイズが気を利かせて、このタイミングで戻らせたのだろう。

テーブルの上に置かれた料理を見て、俺が作ったことを知ると、マスターの手を煩わせてしまい申し訳ないと頭を下げてきたので、そこは気にするなと言っておいた。

料理はただの趣味なので、これからも俺が作るというと、その時は自分も是非手伝わせてほしいと言うので、そこは妥協点として受け入れたのである。

俺、ソル、シキ、イズ、ヨーフェル、イオルと、大分家で過ごす家族が増えたので賑やかになっている。

まさかこの場にエルフが加わるとは思ってもいなかったが、初めての人型の部下ということもあって若干不思議な気がする。この食卓に、もう二度と自分以外の人間が座るなんて考えもしていなかったからだ。

まあ、人間じゃないので、その考えはまだ継続されているような気もするが。

「じゃあ最初はヨーフェルとイオルから食べてみてくれ。あ、マスターよりも先に口にするわけにはいかないとかそういうのはいいからな」

とまあ、先に言いそうなことを潰してやると、「むっ」と少し困り顔を見せるヨーフェル。

「う、うむ。ではいただこうか、イオル」

「う、うん。いただきます」

ヨーフェルがイオルの分を鍋からよそってやり、次に自分の分をよそう。

そして俺たちが見守る中、二人は俺特製のポン酢につけて、まずは野菜を口にした。

「「あむ…………っ!?」」

直後、二人の表情が同時に驚きに満ちた。

「う、美味(うま)い！」

ヨーフェルのあとに続くように、イオルも興奮気味にコクコクと頷(うなず)いている。

「しかもこの独特な歯応えは《百年白菜》ではないか!?」

《百年白菜》は、その名の通り百年間実り続ける白菜で、心地の好い歯応えはたとえ鍋にしても失われることがない。栄養も豊富で白菜の優しい風味は熟成されたようなソレで、癖(くせ)になる味なのだ。

「それにこれは《桜ネギ》！　色鮮やかな桜色をしていて、東洋の島国にしか咲かないとされる桜の木の根にしか育たないネギだ！　それに《クローバー人参》に《銀星シイタケ》まで……どれも稀少なものばかり。大盤振る舞いだな、これは……！」

どうやらヨーフェルは食材に明るいらしい。さすがは日頃から山菜採りをしているだけある。

ちなみに《クローバー人参》とは、その名の通り輪切りにすればクローバーの形になる人参で、糖度が普通の人参の数倍あるとされている。

そして《銀星シイタケ》は、笠の部分が銀色に輝いていて、夜には発光することから、まるで銀色に輝く星だとその名がつけられた。ヨーフェルの言うように、どれも簡単には手に入らないとされる食材だ。当然美味い。

「どうだ？　結構美味いもんだろ？」

「結構なんてものではないぞマスター！　私はこれほどまでに贅沢な鍋を食べるのは初めてだ。それに……野菜の下に隠されたものを今見たが……衝撃を隠せない」

おお、わざと野菜を多くして隠していたが、見つけられたか。

「この黄金色に輝く四角い物体……まさかとは思うが……？」

「ああ、《黄金豆腐》だ」

「何と!?　やはりそうなのか！　イオル、聞いたか？　これが長老でさえも長い人生の中で一度しか口にしたことがないと言っていた《黄金豆腐》らしいぞ！」

「！　……たべたい」

俺はそう言うと思い、豆腐をよそってやってイオルに渡してやった。

「熱いから気をつけろよ」

ポン酢で冷ますことはできるが、豆腐はなかなか冷えてはくれないからな。

「ふーふー……あむ。はふ、はふ、はふ……んぐ。……ん～！」

イオルがこれまで見せたことがないような幸せそうな表情を見せる。それを見たヨーフェルもゴクリと喉を鳴らし、《黄金豆腐》へと手を伸ばし口にした。

「〜〜〜〜〜っ⁉」

ヨーフェルもまた頬を紅潮させながら感動に打ち震えたような顔をする。

「こ、これが《黄金豆腐》か！　何と滑らかで濃厚な大豆の味を蓄えた食材か⁉」

そう言われれば俺も食べてみたくなる。シキやイズも待ち切れない様子なので、俺が先に鍋をつつくと、彼らも同時に手を伸ばしてきた。

「あむ……んんぅぅ〜！」

ヨーフェルやイオルが得も言われぬ表情をするのが分かる。

どの野菜も今まで食べた鍋の中で一番光っている。マジで美味い。

そして気になるのはやはり《黄金豆腐》だ。

胸を躍らせながら、ポン酢につけて熱いうちに口に放り込む。

「――――っ⁉」

俺がこれまで食べていたのは…………豆腐じゃなかったのか？

一瞬、そんなことを思ってしまうほどに、豆腐の存在感を口いっぱい、いや、全身に伝えてくる。

これほどまでに濃厚な味と風味を持ち合わせた豆腐があっただろうか。

しかもポン酢との相性が抜群で、いくらでも食べられる――食べたくなる。

さらに野菜といっしょに食べると、また味が変わって美味い。特にネギや白菜とのコラボレーションは見事だ。滑らかさと歯応えが絶妙にマッチし、相乗効果で旨みを何倍にも膨らませている。

見ればシキやイズも顔を綻ばせて夢中になっている。まあ隣ではソルはマッシュポテトに一心不乱ではあるが。本当にコイツはブレないなぁ。

「……どうだ、美味いか、イオル？」

「！　……はい、ありがと……ございます、ヒロさま」

「別に敬語なんていいから。子供は遠慮せずに大いに楽しめ」

「……うん！」

それでもヒロさま呼びはデフォルトのようで、そこだけは譲らなかった。

あれほど作った鍋の材料も瞬く間に消化していき、残りは汁だけとなった。

「ふぅ……まさかマスターがこれほどまでの料理の達人だったとは。私の見る目は確かだったというわけだな」

いや、料理で見込まれてもなぁ。まあ嬉しいことは嬉しいが。

「もう満足か？　けどヨーフェル、これからが後半戦だぞ？」

「む？　もう汁しか残ってないが？」

「その汁が最大の目玉なんだよ」

俺はシキと一緒に作ったうどんをキッチンから持ってくる。

薬味なども一緒に放り込み、グツグツと煮込み始めた。

それを見ていたヨーフェルとイオルは、すでに満腹そうだったのに、すぐに鍋を凝視して喉を鳴らす。当然だろう。この汁が醸し出す香りと、柚子胡椒の柑橘系の香りが、再び食欲を刺激するのだから。

「よーし、最後にこの卵を溶いたものを入れて……出来上がり！」

「「「「おお～！」」」」

全員が仕上がった最後の料理を見て声を上げる。ソルも、シキがジャガイモ麺で作ったうどんは楽しみだったようで、同じように感動していた。

そして皆で自分の皿にうどんをとりわけ、一斉に口に運ぶ。

俺を含めた全員が、一口食べると、すぐに次へ次へ、うどんを胃袋の中に詰め込んでいく。喋るのも勿体無いほどの美味さだ。

これは締めというよりは、最早メイン料理である。そこそこ腹が満たされていたにもかかわらず、どんどん胃の中へと注ぎ込まれていく。

モチモチとしたうどんの食感もそうだが、何よりもこの出汁だ。濃厚なスープでも飲んでいるかのような暴力的な旨みを持っている。

恐らくこれは《仙人昆布》だけでは生まれなかった。野菜や豆腐からも出た旨みのお蔭で、ここまでの味に化けたのだろう。

　そして、濃厚さだけでは重くなりがちだが、柚子胡椒の生み出すサッパリ感が見事に中和させて良い具合に味を調えている。

「これは素晴らしい！　うむ、これは素晴らしい！　うむうむ、これは素晴らしいぞ！」

　シキにも大満足の一品に仕上がっているようだ。

　ソルも、チュルチュルと器用に一本ずつすすって、それをおかずにマッシュポテトを食べるという訳の分からない食べ方をしているが、まあ本人が喜んでいるので良しとしよう。

　他の連中も俺と同じように、言葉を発さずともその表情だけで満足しているのは明らか。

　……作って良かったな。

　こうして締めのうどんもまた、短期間で完食に至ったのであった。

　食べ終わったあとは、皆が恍惚(こうこつ)の表情でぐったりとしている。

「マスター……あなたは神だったのだな」

　いえ、違いますけど……。さすがに言い過ぎだからね。

「ヒロさま……かみさま」

　こらこら、弟にも伝染してるじゃねえか。

　ただまあツッコむのも面倒なので、俺は皆と一緒に料理の余韻(よいん)を楽しんでいた。

　そしてしばらくして洗い物に立とうとしたが、さすがにそれくらいはさせてほしいと、ヨーフェルとイオルが席を立つ。

じゃあ任せるということで、二人仲良く洗い場へと向かい食器などを洗浄し始める。それが終わると席へ戻ってきて、エルフ特製という《ロス茶》というものを淹れてくれた。

飲んでみると、これはあれだ……風味はジャスミン茶っぽい。食後にはちょうど良い。

全員でまったりしながら茶を飲んでいると、イオルがウトウトし始めた。

俺がヨーフェルとイオル用の部屋に案内し、そこでイオルを寝かせる。

そのままリビングへと戻ってきて、ヨーフェルと話をすることにした。

「明日からのことだが、ヨーフェルには主にダンジョン攻略をしてもらうことにする」

「うむ、任されよう」

彼女ならばコアを破壊できるから、ソルと組んで攻略に向かってもらえば、俺とシキで、また別のダンジョン攻略ができる。作業効率が一気に二倍になるのだ。

「それとヨーフェルにはこれを渡しておく」

俺は《翻訳ピアス》を彼女に渡す。これで他の人間たちとも対話をすることが可能になった。

起きたらイオルにも渡しておくつもりだ。

「そういえばマスターは、何か成し遂げたい目的などはあるのか？」

「目的？　そうだなぁ……悠々自適な暮らし？」

「すでに現在している気がするのだが……」

「まあ、な。けどまだまだこの島を発展させてえし、もしかしたら何者かに襲撃を受けるかもしれねえだろ？」

「それは……そうだな」

「そのためにもまずは潤沢な資金力を得る」

「そういえばマスターのスキルは金がありきのものであったな」

「ああ。だから他の人間たちに向けて商売をしてるんだよ。金を稼ぐためにな。金さえあれば、どんなものだって購入することができる。この島も……コイツらだって守ることができる」

　俺の膝の上でスヤスヤと眠っているソルの身体を撫でる。それを妬ましそうに見ているイズがいるが、さすがに起こそうとまではしないようだ。

「マスターにとっては《使い魔》は大切な家族なのだな。……珍しい人だ」

「？　どういうことだ？」

「我らの世界での《使い魔》の扱いは、決して恵まれているとはいえない」

「そうなのか？」

「そうですわよ、主様」

「イズ……」

「元々私たちの世界では、モンスターという存在は忌むべきものという考えが強いのです。つまり《使い魔》である私たちもそう」

「だけどイズみたいに重宝されたりもするんだろ？」

「ワイズクロウなどの貴重な存在に関しては別だな。凶暴ではないし、手元におくメリットが大きいという点もある」

ヨーフェルの説明で、ワイズクロウは、その知識量からいって、求められるのも分かる。

「しかし基本的に《使い魔》という存在は、戦に対しての消耗品と考えてもらっても構いませんですわ」

続けてイズの説明が入り、異世界での《使い魔》事情が明らかになる。

モンスターは忌むべき存在。つまりは人間とは相容れぬものだということ。

しかしその戦力において利用できないかと考えられ、《使い魔》のシステムが生まれた。

モンスターを捕縛し、スキルやアーティファクトによって隷属化させる。その上で無理矢理戦争に投入し、敵国の人間やモンスターなどの相手をさせるのだ。

中にはモンスターの実態を調査するということで、《使い魔》を実験台にするケースも多い。

「異世界に住む人々にとって、我々はただの使い捨ての駒でしかないのですわ。主様のような厚い待遇をされるのは本当に極僅かなのです」

「そうなのか……」

知らなかった。まさかそこまで異世界の《使い魔》事情が劣悪だったとは……。

「無論人間から食料など分けてはもらえませんわ。戦で負った傷だって手当てなどされませんし、もし何か失敗でもしようものなら、処理されるのも珍しいことではありませんから」

ですから……と、イズは続ける。

「本当に主様は珍しいお方なのです。我々のようなもの相手でも、名を与え、人間に対するように等しく扱ってくださっています。これがどれだけ《使い魔》に希望を与えているか、お分かりでしょうか？」

……なるほど。そういえばイズは、俺に対してのソルの態度に常に気を張っていた。彼女にとって《使い魔》とは、寄り添う存在ではなく、ただ主のために動くだけの人形だという知識しかなかったのだろう。

ソルに対し、主の肩に乗る、触れるなんてとんでもないって、そういえば言ってたしな。

しかしソルやシキに対する俺の態度を見て、俺が多数派のような主ではないことを知った。

「だから……その、わたくしも……多少の……ワガママを言ってもいいのではないかと思い……」

イズもまた、俺に対する態度が軟化したというわけだ。

「別にワガママくらいいいさ。そのくらいのことをお前らは俺のためにしてくれてるしな」

というより俺にとってはペットみたいな感覚だし、多少のワガママなんて可愛（かわい）いものとしか思っていない。むしろもっと自分のやってみたいことを口にすればいいのにとさえ思う。

ソルはともかく、シキやイズは遠慮しがちだから。今でこそ大分柔軟になってきてはいるが。

「主様……！　やはりイズは主様に選ばれて心から嬉しゅうございますわ」

「大げさだ。俺はただスキルでお前らを購入しただけだぞ？　よく考えれば、これだってスキルで無理矢理お前らの気持ちを縛ってるってことになると思うし」

何故なら最初から忠誠心マックスとして現れるのだ。何らかの外的要因が働いて、彼女たちの意思を完全に無視していると思っている。それでも役に立つし、裏切りが怖い俺にとっては最良の仲間だからと購入することにしたのだ。

「確かに、主様のスキルによりあなた様への忠誠心が植え付けられた形で召喚されたのも事実ですわ」

……やっぱりか。

「ですが忠誠心だけでは、きっと……そのような顔はできないでしょう」

イズが示したのは、俺の膝の上で眠るソルだ。

「とても安らかで、とても幸せそうですわ。そしてそれはわたくしやシキ殿だって同じ」

「うむ。某も殿の守り役を任されたことに誇りを持っております。この気持ちは、システムではなく、魂の底から溢れ出た感情ですな」

「シキ……そっか」

つまりコイツらは、俺という人間を見て、俺だからこそ慕ってくれているというわけだ。

何故だろうか。それがとても心を温かくさせてくれる。

「やはりマスターは特別だ。これほど《使い魔》と心を通わせることができる主を持てて、私も鼻が高いぞ」

しかしそこへヨーフェルが続けて真面目な顔をして言葉を紡ぐ。

「だから少々気になることもある。これほどまでに優しいマスターが、何故同じ人間という種に距離を置いているのか」

「！　……」

それはきっと十時たちに対する俺の態度を見て疑問を持ったのだろう。それにこの島には人間が誰一人いない。

まるで人間社会を切り捨てているかのような暮らしぶりを見て、不思議に思わない者はいないだろう。

「……そうだな、ヨーフェルには話しておくか。それに……詳しいことはシキやイズも知らなかったしな」

ちょうど良いきっかけになったと思い、俺は少し前……自分が置かれていた環境について説明した。

厳しくも温かい両親に育てられ、母を失い、父を失い、それでも周りには大勢の人がいる中学時代を過ごしていた。

そして高校に上がってからも、一年目は普通に楽しい学生生活を送る。

だがそれも王坂藍人という人間と接触してからすべてがガラリと変わった。

理事長の孫であり、誰も逆らえない権力を振りかざす王坂に対し、学校で俺だけが歯向かう者となる。

それからは学校中が敵になり、友人だった者も、クラスメイトも、教師も、全員が俺に背を向けた。誰も……手を差し伸べようとしなかった。

だから俺は人間に期待するのを止めた。期待するだけ、裏切られた時が辛いから。苦しいから。悲しいから。

「俺は……信頼って言葉を信用できなくなった。だから……って、お前ら、何泣いてんだよ」

見ればイズとヨーフェルが、顔を隠しながら嗚咽していた。

そしてシキはというと……。

「くっ！　某は悔しい！　何故そのような者たちに、我が殿が蔑まれぬといけない！　殿が一体何をしたというのだっ！」

掌から血が出るほど拳を固く震わせていた。

「そうっ……ですわ！　どうして主様がそのような……酷い扱いを……っ！」

「ああ、許せん！　何故誰もマスターに手を差し伸べなかったのだ！　学校というのは集団としてのあるべき姿を学ぶための場所ではないのか！　それなのに……っ！」

俺はシキたちの俺を想う姿を見て苦笑を浮かべる。

「……人間ってのは弱い生き物だからな。自分を守るために他を切り捨てるのは仕方ねえよ」

「ですが！　ですが殿！　殿は……ご友人にも裏切られたのでしょう！　友情とは、絆とは、決してそんなもので切れてよいものではありませぬっ！」

「そうですわ主様！　一度結ばれた絆は未来永劫繋げ続けていくものです！　悪から目を背け、悪に断ち切られるようでは、そのようなものは絆とは呼べませんわ！」

「イズの言う通りだ！　エルフとは縁を何よりも大切にする種だ！　マスターを傷つけた者たちは、縁をバカにしているとしか思えない！」

縁……か。

「……まあ、中には怯えながらも縁を必死に保とうとした奴もいたがな」

「!?　そのような輩がいたのですか、殿？」

「シキ、お前やヨーフェルは直に見てるよ。ついさっきまでな」

「「……！」」

二人がほぼ同時にその人物の顔を思い浮かべたのだろう。まさかという表情をしている。

「そう、十時だよ。アイツとはクラスメイトだったんだ」

「何と……！」

「まさかあの者が……マスターの……？」

十時のことを知らないイズにも、俺が分かりやすくどんな奴だったのかを説明してやった。

しかしイズの不機嫌さは消えることはない。

「確かにその者は多少マシかもしれませんが、あくまでも多少というところですわ。わたくしがお傍にいたなら、その王坂に何をされたところで主様から離れないというのに……」

それはお前が《使い魔》というシステムに縛られているから、だと思うけどな。

「……マスターの言う通り、人間というのは心の弱い生き物なのだな。イオルを見て、排除せずに守ってくれた者でさえ、強き者には屈してしまっていたのか」

十時にはイオルを救ってくれた恩があるから複雑な気持ちなのだろう。

「今となっちゃどうでもいい話だ。俺にはもうお前らがいてくれるしな。それに……人間に思い入れがない方が良い。単純に損得勘定(そんとくかんじょう)で見ることができるからだ。その方が商売もし易いしな」

商売に感情は禁物だ。時に冷酷(れいこく)に判断し利益のために行動するのが、儲(もう)けるための常套手(じょうとうしゅ)段だと俺は思う。無論、情がすべて無意味だとは言わない。その情すらも利用することが大切だということだ。

「ま、そんなわけで今の俺がいる。今後も人間に期待することはないだろう。奴らはただの商売相手だからな」

「……了解した。私はマスターの弓だ。あなたの利のために全力を尽くす」

「某は元々殿の思うがままに行動してくだされればよいと思っております故」

「わたくしもですわ。ただ御心のままに――」

三人が礼を尽くす。

「ああ、これからもよろしくな」

少し恥ずかしい話にもなったが、シキたちの想いを聞くこともでき、さらに親密度が上がった気がした。


――一週間後。

ヨーフェルの加入はとても大きく、彼女にはソルとともに下級と中級ダンジョンを攻略してもらい、俺もまた虎門シイナとして仕事をしていた。

やはり二組で行動すると効率が良く、俺に依頼がない場合でも、毎日ヨーフェルたちが《コアの欠片》を獲得してくれるので、プラス収支で万々歳だ。

また当初の予想通り、ただでさえ戦闘力の高いエルフに、《パーフェクトリング》などの身体能力をアップさせるアイテムを装着させているので、向かうところ敵なし状態になっていた。

あのシキでさえ、全力を出さなければヨーフェルに負けかねないところまできているのだ。当然俺よりも強い。

上級ダンジョンに挑ませていいのだが、さすがに規模が大きいダンジョンは何が起こるか分からないので止めさせている。

何はともあれ、この一週間での収支はかなりのものとなり、『平和の使徒』への商談も合わせて、収入は軽く二億を超えた。

現在、無人島にて小休止ということで羽を伸ばしている。しかし毎日の鍛錬は欠かせないと、今も目の前でヨーフェルとシキが模擬戦をしていた。

「――《爆手裏剣》！」

シキが放つ強力な爆発属性を持つ手裏剣が、ヨーフェルのもとへと迫っていく。

「何の！　しっ、しっ、しっ、しっ、しっ！」

素早い動きで五本の矢を放つヨーフェル。

矢は手裏剣を撃ち抜き爆発を引き起こす。その直後に生まれた爆煙を切り裂きながらシキが、両腕に鎌を生やしヨーフェルに向かって疾走していく。

弓使いというのは、遠距離には強いが近距離には弱い。そのため間を詰められると、どうしても不利になるのが普通なのだが……。

「――《幻影分身》」

刹那、ヨーフェルの身体が複数その場に出現する。その数――驚くことに三十。

「むむ！　ならばこちらも！」

分身ならシキも扱える。同じように三十体に分身し、それぞれが一人ずつヨーフェルと相対していく。

鎌の一撃によって切り裂かれ消失していくヨーフェルだったが、おかしなことに地上に立っていた三十人すべてのヨーフェルが消失したのである。

すると、シキがハッとなって頭上を見上げた。そこにはいつの間に跳躍していたのか、ヨーフェルが上空で弓を構えていたのである。

「我放つは千の雨のごとし――《千々雨》！」

矢を放った瞬間、まるで一本の矢から分裂したかのように、無数の矢が雨となって地上に立つシキへと襲い掛かった。

これはヨーフェルが編み出した広域殲滅技だ。一撃だけでも強力なヨーフェルの放つ矢による無数連射。その渦中にあるものは一溜まりもないだろう。

シキも感嘆するように目を見開くが、決して慌ててはいない様子。

どうするのかと思いきや、

「――《土遁・土竜爪》」

シキの両腕の鎌が、モグラの爪のように変化し、それを地面に突き刺し、一瞬にして土中へと潜ってしまった。

あんなことまでできるようになったのかよ。もう何でもありだな……忍者って。

そのうち水遁やら火遁やらも使うのだろう。俺としては頼もしいし、どんどんやれって思うが、敵になった者にとっちゃ理不尽な存在でしかない。

　ヨーフェルもさすがに全部回避されるとは思っていなかったのか、地上に降り立つまで驚愕の表情を浮かべていた。

　だがその隙をついて、シキが地面から出現する。それに反応してみせたヨーフェルだったが、シキの攻撃速度の方が速く、鎌を喉元へと突きつけられた。

「っ………まいった」

　ヨーフェルの降参宣言で模擬戦は終了した。

　俺とソルは、それを見ながらパチパチと拍手をする。

「すげえや。何だかファンタジー映画でも見てる感じだったぞ」

「マスター……いや、まだまだだ。シキには遠く及ばん」

「いや、お主は着実に力をつけている。某もウカウカとしてられん。それにソルには勝ち越しているではないか」

　そうなのだ。ソルとも模擬戦を行うのだが、ヨーフェルとの戦績ではソルは負けているのである。どうやらソルは幻術には弱いらしく、いつもヨーフェルの作り出す幻にしてやられてしまうのだ。

　以前山盛りのマッシュポテト（幻）を目の前に出された時なんて、ソルは成す術なく瞬殺されていた。

だって目の色を変えてマッシュポテトに食いついてたしなぁ。

欲望に忠実なソルの短所を見事についたヨーフェルの作戦勝ちだ。

「ぷぅ～！　ソルだって次は勝ってみせるのですぅ！」

「ああ、私もさらに精進しよう。マスターにもらったこの弓――《幻蒼弓》に恥じないためにもな」

そう言いながら、目の覚めるような蒼に彩られた弓を見せつけてくる。

この弓は俺が買い与えたものだ。先に見せた《千々雨》という技も、この弓あってのものであり、実はあの無数の矢はすべて幻なのである。

しかしただの幻というわけではなく、優れた幻術師が扱うと、幻を実体化させて攻撃することが可能になる優れモノなのだ。

俺が使えば、矢を放ったところで相手にダメージは与えられない。何故なら幻なのだから。しかし《幻術》スキルを持つヨーフェルが扱うと、生み出す幻すべてを実体化させられるので、無類の強さを発揮することができる。

〝ＳＨＯＰ〟で、何かヨーフェルに見合う武器がないか探していたところ、彼女のために作られたようなこの弓が見つかったので購入したのだ。

かなりの高額だったが、戦力アップの先行投資として彼女に買い与えた。

「そういえば先程からイズの姿が見えないが？　……それにイオルもどこへ」

模擬戦を行う前は、二人は俺の傍にいた。だからいなくなった二人をヨーフェルは不思議に思ったのだろう。

「ああ、イズがイオルに手伝ってほしいことがあるって連れていったぞ」

「そうなのかマスター？　イオルに手伝ってほしいこととは一体……」

「まあスキル関連だろうなぁ」

「なるほど。ちょうど鍛錬も一区切りついたし、イオルのもとへ行ってくる」

「じゃあ俺も様子を見に一緒に行くか」

こうして皆で、イズとイオルがいる場所へと向かう。

彼女たちがいるのは湖がある場所だ。

「――あら？　主様とその愉快なお仲間たちではございませんか」

「ぷぅ！　誰が愉快なんですかぁ！」

やってきた俺たちを見て、相変わらずのイズ節が炸裂し、それにソルが不満の声を上げた。

「あ、失礼しましたわ。あなたはお仲間ではなく非常食でしたわね」

「ソルは食べ物じゃないですもん！」

まあ……腹が減っても、さすがにソルを食べようとは思わねえかなぁ。

「もう！　何でイズはいっつも意地悪なことというんです！」

「わたくしはただ紛うことなき真実を口にしているだけですわよ？」

「ぷぅぅぅ～！」

本当にこの二人は……。仲が良いように見える時もあるが、普段はこうやって衝突し合っているのだから不思議だ。まあ何となくだがこういうやり取りを二人も楽しんでいるようにも思えるが。

「ところで主様、どうされましたか？」

「ああ、実はヨーフェルがイオルを気にしててな」

「そうでしたか。ヨーフェル殿、勝手にイオル殿をお借りして申し訳ありませんでしたわ」

「いや、あの子もここへ来て自分にできることをしたいと言っていたからな。きっと自分で納得してついてきたのだろう？」

まだ五歳児なのだから、何も考えずに暮らしていればいいと思うが、姉であるヨーフェルが俺のために働いているのを見て、イオルも黙っていられないのかもしれない。

「それでイズ、イオルはどこだ？」

「あそこでございますわ、主様」

イズが示した場所へ視線を巡らせると、そこには湖のほとりの地面をペタペタと触っているイオルがいた。

「……何をさせてるんだ？」

「実はここにたくさんの花を咲かせたいと思っておりまして」

「ああ、そういや前に花の種が欲しいって言ってたか」

それで購入して渡したのを覚えている。

「ええ。ですが種を植えたのはいいのですが、あれから一向に芽が出なくて」

「なるほど。それでイオルに相談していたというわけか」

イオルは植物のプロフェッショナルといってもいい。

「ふむ、ならば大丈夫だろう。イオルは故郷でも菜園や花壇作りに勤しんでいた。きっと満足のいく結果を出してくれるはずだ」

ヨーフェルのお墨付きなら間違いないだろう。そこへイオルが俺たちに気づいて、「あ」と口にすると、トコトコとこちらに向かって駆け寄ってきた。

「ヒロさま、おねえちゃんも……どうしたの？」

「ヨーフェルがいきなりいなくなった愛しの弟を心配してだな」

「マ、マスター!?」

「何だよ、別に嘘じゃねえだろ？」

「そ、それは……むぅ」

別に家族思いなのは良いことだ。まあ少しからかい気味に言ったのは本当だが。

「ごめんね……おねえちゃん」

「い、いや、お前がマスターたちの手伝いを願っていたことは知っているしな、うん、問題ないぞ！」

「そう……なの？」

「うむ。ところでイオルは何をしていたのだ？」

「あ、そうだ。イズさん？」

「ん？　何か分かったのですか？」

「うん。たぶん……つちがわるい」

「土？　……花が育たない土壌だということですの？」

イズの問いにコクリと首肯するイオル。

「ふつうのはな……ならもんだいないよ？　でもイズさんがそだてようとしてるはなたちは、どれもとくしゅみたいだから」

「つまり育てるには相応に適した土壌開発が必要ということですわね」

「うん。だから……これ」

そう言ってイオルがポケットから取り出して見せたのは一粒の種だった。

「……何ですの、この種は？」

イズが知らないとは珍しい。

見たところ向日葵の種よりも一回り大きく、全体的に赤褐色をしている。

「おお、久々にイオルのアレが見られそうだな」

何やらヨーフェルだけが分かっているようだ。

当然イズは気になったらしく、「どういうことですの？」と聞いた。

すると、イオルは「みてて」と口にすると、湖の方を向き、その種を足元へと落としたのだ。

「でてきて……」

その言葉に呼応するかのように、種がひとりでに地面に潜り、そこからニョキッと芽のようなものが出たと思った矢先、地面を突き破ってバレーボールほどの大きさの物体が現れた。

「にょ～！」

そんな気の抜けるような鳴き声とともに出現した謎の物体。

大きな蕾に短い手足が生え、目までしっかりとある明らかに異形な存在である。

「こ、これは一体……!?」

やはりイズも知らないようで、初めて見るような生物？ に驚愕している。

「そうか、イズも知らないか。これはイオルが創り出した《植物生体》――《プラントマン》だ」

「初めて聞きましたわ。……！ 確かイオルさんのスキルはユニーク。道理でわたくしの記憶にあまりないはずですわね」

普通のスキルに関しての知識は豊富だが、ユニークスキルは情報が元々少ないのだ。故にイズでも知らないことは多い。実際に《ショップ》スキルについては何一つ知らなかった。

「モンスター……じゃないのか？」

　俺は思わず気になったので尋ねてみると、イオルがフルフルと首を左右に振る。続けてヨーフェルが説明をしてくれた。

「マスターの疑問はもっともだが、モンスターではない。あくまでもイオルが生み出した動く植物だからな。姿形は違えど、イオルの分身体……とも言えるやもしれん」

「ぷぅ～、可愛いのですぅ！」

　ソルの言う通り、確かにこうして見ると可愛らしい外見をしている。ぬいぐるみ化したら売れそうだ。

　そこへイオルがポケットから、同じような種を取り出して、次々と地面に投げて《プラントマン》を生み出していく。

「「「にょ～！」」」

　一気に三十体に及ぶ謎の生物がそこに現れた。そしてそいつらにイオルが言葉を届ける。

「みんな、おねがいね」

「「「にょ！」」」

　短い手で敬礼をした《プラントマン》たちが、一斉に湖の周りへと駆けていき、あろうことか頭部から小さな鍬を取り出すと、

「「「にょっ、にょっ、にょっ、にょっ！」」」

そんな掛け声とともに、一斉に畑を耕す感じで鍬を振るい始めた。

「あ、愛らしいですわぁ……」

イズは《プラントマン》の可愛さに胸打たれたようで、うっとりとした感じで魅入ってしまっている。

「ヨーフェル、アイツらは一体何をしてるんだ？」

「ああやって土壌開発を行っているのだ。《プラントマン》は、自在に土壌を変質させることができるらしくてな。きっとここで咲かせる花に最も適した土壌にしてくれるはずだ」

なるほど。それはとてつもなく便利な能力だ。

聞けばすでに死んでしまった土地ですら蘇らせることが可能らしい。

さすがはユニークスキル。やはりとんでもない能力が秘められている。

「じゃあ植物環境に関してはイオルが担当者でいいな」

「！　ヒロさま……いいの？」

「ああ。お前ならこの島をもっと緑豊かにしてくれそうだしな。任せていいか？」

「うん！　ぼく、がんばる！」

ふんす、と鼻息を出して応じるイオル。自分に役目を与えられたことが嬉しいようだ。ヨーフェルも、俺に弟が認められたことが嬉しいのか頰が緩んでいる。

「よし！　イオルに負けないように私も精進せねばな！　シキ殿、もう一度模擬戦を頼む！」

「うむ、では夜までみっちり相手をしようぞ」

「ソルだって負けないのですよぉ！」

俺がそんな彼女たちの様子を見ていると……。

「主様、何か嬉しそうですが？」

「ん？　そうか？」

「はい。笑ってられましたので」

笑ってたのか……。イズに言われるまで気づかなかった。

「主様、わたくしたちは常に主様のお傍におります。決して主様に背を向けることはございませんわ」

「イズ……」

「ここには……主様の求める幸せがきっとあります。ですから……幸せになってくださいまし」

しばらく沈黙してしまったが、俺はイズに軽くデコピンをしてやった。

「あぅ！　……あ、主様、一体何を……？」

「はは、生意気なんだよ」

俺が笑みを浮かべながら言うと、イズは額を押さえながらもどこか嬉しそうな顔を見せた。

幸せが何かなんて今はまだ分からない。けれどコイツらと一緒にいて楽しいとは思っている。

当初は言うことを聞かせるだけの部下として購入したつもりだったが、今では家族さながらの存在になっているのだ。

……幸せか。

本当にそんなものがココにあるのなら、今度こそは失いたくはない。守り続けたい。誰にも奪わせやしない。

「……あ、そうだ。この島に名前をつけてなかったよなぁ」

「そういえばそうでしたわね。いつまでも無人島では味気ありませんし」

「そうだなぁ……」

俺は居場所となるココに名前をつけることにした。

「……決めた。この島の名前は――【幸芽島】だ」

幸せが芽吹く島。それがこの島の名前に相応しいと今思った。

※

一方その頃、【赤間霊園】の頂には、数日前にはなかった巨大な半球状の土の塊があった。

入口らしき穴を通ると、中は椅子やテーブル、ベッドなど、簡易的ではあるが生活感が漂う内装になっている。テーブルには様々な雑貨が、所狭しと置かれていた。本や飲み物、帽子やシャーペン、洗剤や割れた携帯など統一性はない。

しかし一番目を惹くのは、テーブルの上よりも壁であろう。

そこには裸にされた数人の男女が磔にされているのだから。どうやらすでに事切れている者が多く、一人の男性だけが、かろうじて意識がありそうだ。

「んむぅ、たった数日実験しただけで壊れおる。この世界の現地民は何と脆いことか」

磔にされている者たちに、小石でも見るかのような目つきを向け口を開いたのは、数日前に突如この霊園に現れた白衣の男であった。彼は、いまだ意識がありそうな男性の傍に立ち、その垂れ下がっている頭を摑み顔を上げさせる。

「……ぁぁあ……ぅぁあ……ぃぁい……」

男性は口から涎を出しながら、上目遣いで言葉にならない声を出している。

「キヒヒ、苦しいようじゃのう。まあ、もうお主からはすべて読み取らせてもらったから用済みじゃわ。じゃから楽にしてやろう」

白衣の男が注射器を男性に当てがって、何かの液体を身体の中へ注ぎ込む。すると、男性はより一層苦しそうに血走った眼を剝き、金切り声のような悲鳴を上げたあと、静かにその息を引き取った。

そこへ入口から、のっそりとした動きで入ってきたのは、白衣の男性が地面から生み出した土人形だった。土人形の両手には、ぐったりした二人の人間がいる。

「おかわりか。なかなか早いではないか。しかしそろそろ普通の人間には飽きてきおったわい。

それに……じゃ」

白衣の男が、視線をベッドの近くにある机に向ける。机には小さなクッションが置かれ、その上に水晶玉が鎮座していた。水晶玉には、赤い点が浮き上がっており、それを新しい玩具を与えられた子供のような目で男は見つめている。

「情報もある程度収集できたわい。この拠点ももう少し広くして、そろそろ本格的に実験を施行する頃合いじゃろう。キヒヒ、楽しみじゃわい。待っておれよ――スキル持ちよ」

第四章 ≫ 窮地の十時一家

“SHOPSKILL”
sae areba
Dungeon ka sita
sekaidemo
rakusyou da

「ふぅ、やっぱりネットが使えないと不便よねぇ」

ソファの上で、スマホを見つめながら肩を落とすのは、わたしの姉である愛香(あいか)。

確かにネット社会に住むわたしたちにとって、ネットが失われたというのは大きなストレスになっていた。

まひなでさえ、よく動画配信を見て楽しんでいたのに、もう視聴することもできないし、わたしも様々な分野で頼っていたので本当に不便になったと思う。

それに、電話ができれば、坊地(ぼうち)くんとも気軽に連絡取れるのに……。

ようやく彼とまともに話せるくらいまで気を許してもらった……と思いたい。だからこそこの機を逃さず、もっと親交を深めるためにマメにコンタクトを取りたいが、それも無理になっている。

わたしはリビングにある時計を見て、そろそろ昼食を用意しなきゃと思い、読んでいた本をテーブルに置いて、ソファから立ち上がった。

不意に妹であるまひなを見ると、彼女は画用紙に楽しそうに絵を描いていた。そこには最近仲良くなったイオルくんと、坊地くんのペットであるソルちゃんとまひなとで、楽しそうに手を繋ぐ絵が描かれている。

わたしは笑みを浮かべつつ、まひなを一瞥してキッチンへ向かい、少ない食材を見ながら、今日は何を作ろうかと思案していた……その時だ。

突如、大きな破壊音のような音とともに家全体が激しく揺れたのである。

「きゃあぁぁぁっ!?」

悲鳴を上げ、傍にある冷蔵庫に身を預けながら腰を落とす。しかし揺れはすぐに収まり、巨大な地震が起きた様子ではないことにホッと息を吐く。もしかしたら近くに隕石でも落下してきたのだろうかと突拍子もないことを考えるが、

「――まひなを放しなさいっ！」

リビングにいるであろう姉の声が響き渡った。

不吉を感じさせるような姉の声音に、一体誰に対しての発言なのかと思い、わたしはすぐに立ち上がってリビングへと向かった。

そして変わり果てたリビングの姿を見て息を呑む。

天井に、それこそ何かが落下してきたような衝撃を受けてか、大きな穴が開いており、壊れた家の破片がリビング中に散乱している。屋根から一階部分にかけて半壊状態ともいえる。

またリビングの床も、その落下物のせいか破砕していて、周りにあった家具なども壊れたり飛び散ったりしていた。

だが最も驚愕したのは、その落下物の存在が——異形そのものだということ。

そしてその異形が、わたしの愛する家族——まひなを捕らえていたことだ。

「うわぁぁぁんっ!? おねえちゃぁぁぁぁあああんっ！」

泣き叫ぶまひなの声で、理解のできない現状に固まっていたわたしの思考が動き出す。

わたしは助けを請うまひなの名を呼ぶと、まひなもわたしの姿を見て、必死に両腕を伸ばしてくる。

しかしその巨大な手でまひなの自由を奪っている異形の威圧感に、とてもではないが下手に近づけないという印象を受けた。

見た目は土で構成されているように見える。ゴツゴツした身体で、まるでゲームなどに出てくるゴーレムのようだ。明らかに人ではない。つまりは——。

——モンスター……っ!?

そうとしか思えない身形。だとすると、考えられるのはダンジョン化が、この家に起きたということ。その危険性はあったが、まさか本当に自分たちの家がそうなるとは、本当に不運としか言えなかった。

そんなことよりも、どうにかしてまひなを助けなきゃ！

　不運を嘆くよりも、まずは家族を救い出す方法を考えないといけない。しかしどうすればいいのだろうか。相手は人間がそう簡単に倒せるような相手ではないのだ。それに下手に刺激してまひなに何かあったら……。

「まひなをっ、返しなさいって言ってるでしょぉおおっ！」

　硬直していたわたしを尻目に、お姉ちゃんが真っ先に動き出し、部屋の壁に置いていた掃除機を手に取り、モンスターに向かって投げつけた。

　掃除機は見事モンスターに命中したが、見た目通り頑丈なようで、結果は掃除機が砕けただけに終わる。

　モンスターの赤い目がギロリと光ったと思ったら、モンスターがその大木のような腕を振って、お姉ちゃんを弾き飛ばしてしまった。

「お姉ちゃんっ!?」

　勢いよく壁に激突したお姉ちゃんは、そのままぐったりと意識を失う。すぐに駆け寄ったわたしはお姉ちゃんの様子をうかがう。息はしているようなのでホッとする。

「――キヒヒ、＠Ｐ＆％＃８ＭＱ」

　そこへモンスターの背後から現れた一人の老翁。不健康そうな顔色が特徴的で、佇まいがどことなく不気味だった。

「Ｈ＄？　Ｔ５＊＃Ｄ＠？」

一体何者なのだろうと思ったが、わたしは彼の口から発せられた言葉に対し、どこか聞き覚えのある響きを感じた。

……イオルくんやヨーフェルさんと……同じ？

何となくだが、そのニュアンスがイオルくんたちと同じ言語だと思った。

すると、その老翁がまひなに近づき、まひなに触れようと手を伸ばす。

わたしは彼がまひなに何かすると察し、

「や、止め――」

制止させようと声を上げた瞬間だった。

――バチチチチチチィィィイッ！

どこからともなくその人が現れ、老翁に向かって日本刀らしき武器を振り下ろしていたのである。

しかし刀は、老翁に届く前に、まるで見えない壁でもあるかのように止まり火花だけを激しく散らしていた。

老翁もまた、突然現れた人物を見て驚きに目を見張っている。

その人物とは――。

「――ぼ、坊地くんっ！」

※

俺は愛刀である《桜波姫》を全力で目の前の〝敵〟に振り下ろしていた。

そこらへんのモンスターや人間ならば、一撃で軽く一刀両断できるだけの威力を持っているファンタジーアイテムである。

それにもかかわらず、俺の刀はどういうわけか目前にいるジジイに届かずに、結界に阻まれているかのように動きを止めていた。

直後、傍にいたモンスターが俺に向かって拳を叩きつけようとしてきたので、俺は舌打ちと同時にバックステップをして回避する。そして周りを観察し、俺にこの状況を教えてくれたソルの情報と精査して理解した。

ほんの一分ほど前のことである。突然ソルから《念話》で緊急連絡が入った。

ソルが情報収集のために、俺が住んでいた街の周辺、その上空を徘徊していると、得体の知れない気配を感じたので確かめに行ったらしい。

そこで見たものは半壊した十時家であり、どうやらモンスターに襲撃を受けているということが分かった。しかもまひなが捕らわれていて、明らかに普通ではない男がまひなに近づいて一刻の猶予もならない様子に、その情報を聞き、いるといった様子。

即座に《テレポートクリスタル》を使って飛んできたというわけだ。

【幸芽島】の自宅のベッドで寛いでいた俺は、

「んむぅ？　これまた奇怪な。どこから現れおったんじゃ、小僧？」

俺に向かって怪訝な表情で問い詰めてくるジジイを改めて観察してギョッとする。何せその顔の一部分の造形が、明らかに人間と違っていたからだ。

いや、つい最近コイツのような顔立ちをした存在と会っている。というかさっきまで同じ島にいた。

「……エルフ？」

ヨーフェルやイオルのように、横に尖った耳を持っていたのである。

「ほほう、エルフのことを知っておるのか？　するとお主は『ヒュロン』？　いや、そんな感じではないのう。こちらの世界の人間か。ならば何故知っておる？」

「そんなことはどうでもいいだろ。それよりもひゅろん？　ってのは何だ？」

「！　……言葉も通じるようじゃのう。はてさて……」

ジジイが興味深そうに顎に手をやると、値踏みをするかのような目で俺を見てくる。

しかし今の発言で、奴がヨーフェルのように異世界から来た存在だというのは分かった。

それにあのゴーレムみたいなモンスター。どうやらジジイが操っている様子だ。

〝――殿！　どうなされたのですか!?　いきなり気配が島から消えたと思えば、一体今どちらにおられるのです!?〟

その時、シキの声が頭の中に響いてきた。

実は俺がソルから連絡を受けた際、シキは外でヨーフェルと訓練をしていたため、俺はずっと一人だったのだ。急いで来る必要がある気がして、シキたちに連絡する間もなくこちらに飛んできた。

〝シキか、説明はあとだ。イズやヨーフェルたちにもそう伝えておいてくれ〟

そう言って、シキは渋々了解し黙ってくれた。

「おにぃちゃぁぁぁぁん！」

モンスターらしき奴に捕らわれているまひなが、俺に向かって叫びながら両手を伸ばしてくる。

「まーちゃん、少しだけ待ってろ。すぐに助けてやるからな」

子供を人質にとるなんてろくでもないクズだ。遠慮（えんりょ）する必要なんてない。

……今だ、ソル！

俺が心の中で念じた直後、ジジイの背後から音もなくソルが飛んでくる。

そのまま身体を貫いてやれ！

少し凄惨（せいさん）な現場にはなるが、ジジイを倒すことが事件解決のカギだと推定し、俺はソルに、気配を消して隠れ、隙あらば攻撃しろと命じてあった。

案の定、ジジイはソルの存在に気づいていない。これならば——と思ったが、ソルの突撃は不発に終わってしまう。

何故なら先程の俺の攻撃のように、ジジイの手前で止まっていたからだ。

「!? 何じゃこやつは……!?」

ジジイはやはり気づいていなかったようで驚いているが、そのことから俺は推察した。

あの見えないバリアみたいなもん、もしかしてオートで発動するのか？

スキルによるものか、あるいはファンタジーアイテムかは分からないが。

ソルが意地になって何度も攻撃を繰り返すが、その度に弾かれてしまう。

「ぷううううううっ！」

ソルにとってまひなは友達だ。だから救ってやりたいのだろう。しかし彼女の攻撃は一切ジジイに届くことはなかった。

「ソル、一旦戻れ！」

悔しげな表情を浮かべたソルが、仕方なくといった様子で俺の傍らに来る。

「坊地くん！」

「……十時。お前の姉さんは大丈夫なのか？」

「う、うん。でもあのモンスターにやられて」

心配そうに姉を抱え、涙ながらに語る十時。命に別状はなさそうだが、額から血を流していることからも、早々に対応が必要になるだろう。

「十時、少し暴れるが……いいな？」

「坊地くん……まひなを、まひなを助けて！」

俺は刀を握る手に力を込める。そして再び突っ込もうとしたが、

「ソニックオウル……？　いや、造形からして進化しておるのう。これは珍しいわい。しかも進化型ソニックオウルを操る異世界人。……まさか」

ハッとしたジジイが、懐から水晶玉を取り出すと目を大きく見開いた。

「んむぅ！　よもやスキル持ちがこの場に二人もおるとは!?　これは運が良いわい！」

水晶玉には二つの赤い点が激しく点滅していた。

……何で俺がスキル持ちだって分かった？

「この世界にも《テイム》のスキルが存在するのかのう？　やれやれ、嬉しい誤算じゃが、これはちと予想外じゃわい。イレギュラーが起こりうるのは世の常じゃが、さすがにこれは準備不足のようじゃのう」

ジジイが呆れた感じで肩を竦める。そして今もなお泣きながら俺に助けを求めるまひなの口もとにジジイが触れた。どうやらテープか何かで口を塞いだらしい。

「ったく、相変わらずガキの喚き声はイラつくわい。少し静かにしておれ」

声を奪われたまひなだが、それでも「んーっ、んーっ！」と必死な様子だ。

「どれ、あの小僧が何者か教えよ……ガキ」

そう言いながら、ジジイがまひなの頭に触れる。

「んむぅ……姉と同い年の少年で、名前は——ボーチ・ヒロというのか」

俺はジジイの言葉に、思わず息を呑むほどの衝撃を受ける。

このジジイ……何で俺の名前を？

当然名乗ってはいないし、十時だって口にしていない。それなのに何故……？

俺はこれまでのジジイの動きを見てハッとする。

「……まさかお前、人の記憶を覗けるのか？」

半信半疑で問うと、ジジイはニヤリとあくどそうに笑みを浮かべる。

「ほほう、今ので気づくとはのう」

「それにさっきのバリアみたいなヤツ……お前の意思に限らずオートで発動するな？」

「！　……よく観察しておるわい。お主、ワシと同じで錬金術師に向いておるかものう」

錬金術……？　コイツの身形、研究者や医者かもって思ったが、錬金術師だったのか？

だがイズ曰く、錬金術は失われた古代スキルだったはず。ただスキルがなくとも、己の技量で、素材などを掛け合わせてアイテムを作る連中は少なからずいるらしい。この世界で言うなら、発明家といったところだろう。

そういった連中が錬金術師と名乗っているという話も聞いた。もしかしたら、このジジイもそういう者の一人なのかもしれない。

「僅かなヒントで答えに辿り着いたご褒美じゃ、知りたいであろうことを教えてやろう。ワシの名は――ドクター・ズゥ。あらゆるものから記憶を覗き見ることができる《サイコメトリー》のスキルを持っておる」

……なるほど。それはかなり便利そうなスキルだ。

にしても、やはり《錬金術》のスキルは所持していないのか。複数のスキルを持っている存在はいないと、イズも言っていたから。

「それにワシが長年かけて編み出した、この《オートタリスマン》。これは優れものでのう。体験して分かる通り、ワシの意思関係なく、物理的ダメージを自動で弾いてくれる障壁を生み出す代物じゃ」

そう言いながら、首にかけているネックレスを見せつけてきた。ネックレスには、菱形をした青紫色の宝石がぶら下がっている。

「コイツを作るのにどれだけ苦労したか分かるか？　分からんじゃろうなぁ。教えて欲しいか？　そうじゃろうそうじゃろう。ならば聞くがよいわい。これはのう、Sランク素材を必要とし、他の高ランク素材と組み合わせる際に、非常に微細なバランスが求められる。少しでもその黄金比が崩れれば失敗。その黄金比を見つけるだけでも三十五年かかったわい。じゃが素晴らしいアーティファクトじゃぞ。何せAランクモンスターの攻撃すら、あっさりと弾くんじゃからなぁ。どうじゃ、大したものじゃろう？」

嬉しそうに早口で捲し立てるコイツは、自分の功績を自慢したいタイプなのだろう。わざわざ自分の不利になるようなことをペラペラ喋るので、こちらとしては楽だ。

しかしなるほど、Aランクモンスターの攻撃を弾くなら、Bランクのソルの攻撃すら効かないのも理解できる。となればAランクであるシキの攻撃もまた通じないのだろう。

ただこれならあるいは――。

「ソル、合わせろ！」

俺はそれだけを言うと、ジジイ――ドクター・ズゥに向かって、ソルとともに突撃する。そして同時にズゥに向かって攻撃を繰り出した。

「キヒヒ、無駄じゃ無駄じゃ。矮小なモンスターと人間が協力したところで、ワシの障壁は砕けんわい」

確かに奴の言ったように、俺とソルの同時攻撃にも、奴の障壁は崩れる様子を一切見せない。

だが俺の目的は別にあった。

ソルとアイコンタクトをした俺は、すぐさま踵を返し、今度はゴーレムの方へと駆け寄り、まひなを摑んでいる奴の腕に向かって刀を一閃する。

だがどういうわけか、ゴーレムの腕に辿り着く前に、ズゥの時と同じような障壁が出現し攻撃を阻んでしまう。

——何っ!?

「おっと、言い忘れておったわい。この障壁は任意で、ある程度の範囲ならば効果を及ぼすこともできるんじゃよ」

つまりはすぐ近くにいる仲間も障壁で守ることができるというわけだ。

俺とソルは、障壁に弾かれ距離を取らされてしまう。

「いやはや、進化したソニックオウルと共闘できる人間がおるとはのう。小僧にも興味が湧いたが、残念ながら欲を出せばイレギュラーが起こりうる可能性が高まる。ここはこの辺にしておこうかのう」

「！　逃がすと思うか？」

相手はここから去るつもりらしいのが、そんなことはさせない。

しかしあの障壁をどうにかしなければ、まひなを助け出せないのも確か。

「キヒヒヒヒ、このガキを調べ尽くしたあと、今度は小僧、お主を実験してやるわい。それまで楽しみに待っておるがよい」

ズゥが懐から、白い結晶を取り出した。

その結晶を奴が握り潰した直後、そこから猛烈な勢いで白煙が周囲を包む。

くそっ、まさか煙に乗じて逃げるつもりか!?

その懸念は現実となり、煙が晴れると、そこには誰もいなかった。そう、ゴーレムとまひなを連れて逃亡してしまったようだ。

「ま……ひな？　嘘……嘘だよぉ……っ！　まひなぁぁぁぁぁぁっ！」

突如消えた妹。その現実を前に十時が泣き叫ぶ。

そして、俺もまた無意識に、掌に血が滲むほど拳を握り締めていた。

これは間違いなく、俺の敗北——であった。

※

坊地日呂を相手に、難なくまひなを奪ってくるという仕事をこなしたズゥは、再び根城である霊園へと戻ってきていた。

そして、いつの間にか意識を失っているまひなを、枷のついた作業台へと寝かせ拘束すると、その直後にまひなの意識が戻る。

口を塞がれているまひなは、身動きができないこと、周りに姉や日呂たちがいないことを悟り泣き出す。そんなまひなを見て、ズゥは鬱陶しそうに眉をひそめて舌打ちをする。

「まったく、何故こうもガキは喧しいのかのう。まあよいわい。起きてる方が都合が良いのは間違いないしのう」

そう言いながら、ズゥがまひなの小さな頭を摑むように触れた。

「さぁてと……これから幾つか質問をさせてもらう。なぁに、別に答えたくなければ言わずともよいわい。そう、ただお主は思い浮かべるだけで、のう……」

悪魔のような笑みを浮かべるズゥに対し、まひなは恐怖と不安でさらに涙を流すのであった。

※

真っ白い引き戸の扉を開けて中へと入る。

そこは個室でベッドが一つだけ。そのベッドの上には、穏やかな寝息を立てている女性——十時愛香が横たわっていた。

そして、その隣にある椅子（いす）には、彼女の妹である恋音（こいね）が座って、心配そうに姉を見つめている。

「……十時、そんなに心配しなくても二、三日で退院できるって話だったろ？」

まひなを奪われたあと、俺は呆然自失（ぼうぜんじしつ）している十時を正気に戻させ、まずは怪我（けが）を負っている姉の対応を急がせた。そうして病院へとやってきたのである。

「！　……そうだね。でも……」

分かっている。彼女が本当に心配しているのは、最愛の妹である、まひなだ。

仲が良かったソルもまた、ベッドの下で、彼女を救えなかったことに落ち込んでいる様子を見せている。

「まひな……」

両手を祈るように握り締めながら俯いている十時を見て、俺は溜息を吐いて肩を竦める。すると、そこへノックがあり、返事をしたら白衣を着用した男性医師が入ってきた。

医師は、十時の姉に近づいて様子を見ると、優しげな声音で十時に語り掛ける。

「先ほども申し上げましたが、頭部と腹部に強い衝撃を受けたようですが、調べたところ大事には至っておらず、数日で回復されるでしょう。意識もそのうち戻るはずです」

しかし十時は、医師の説明を聞いていないのか俯いたままだ。仕方なく、俺が対応することにする。

「ありがとうございます。突然にもかかわらず、迅速に対応してくださって助かりました――福沢先生」

そう、十時の姉の担当になったのは、俺も非常によく知っている『白ひげ先生』だったのである。だが当然向こうは坊地日呂としての俺を知らない。

「いいえ、それが私たち医師の務めですから。心配ないかと思いますが、何かあったらすぐに知らせてください」

そう言うと、彼は一礼をしてから部屋を出ていった。

福沢先生が勤めてる病院だってことは聞いてたけど、まさかあの人が担当になるなんてなぁ。

面白い縁もあるもんだなと、俺はつい苦笑を浮かべる。

「………坊地くん」

「？　どうした十時？」

「まひなは………まひなは無事かな？」

それは分からないとしか言えない。そもそも、何故奴がまひなを連れ去ったのか、理由がまだハッキリとはしていないからだ。

ただ奴の諸々の発言から推測はできる。

奴はまひなを調べ尽くしたあと、今度は俺を……と言っていた。

奴は十時とその姉には見向きもしていなかった。そこで俺とまひなの共通点を考えると、それはやはり一つしかないだろう。

「多分あのジジイは、スキルを持っている人材を求めてるんだろうな」

「スキ……ル？　そういえばまひなは……!?」

「ああ、《リンク》のスキルを持ってる」

そして俺もまた同じように。

「奴は錬金術師って名乗ってた。あの障壁を生み出すアイテムも、自分で作ったってな。あんなもんが作れるんだ。もしかしたらスキル持ちを捜索できるアイテムなんかもあって、それでまひなのところへ来たのかもな。多分、奴が持っていたあの水晶玉が怪しいが」

あの水晶玉を取り出したあとに、俺がスキル持ちだと見抜いた。恐らくはアレが探索器のような役割を持っているのだろう。

「あのおじいさんは……何者なんだろう？　何でスキルを持ってるからってまひなを……！」

「十中八九、異世界人だろうな」

「！　イオルくんみたいな？」

「ああ。それでスキル持ちを狙った理由は分からんが。まあスキルは異世界でも珍しいものらしいからな。奴の好奇心の対象になってるのかもしれねえ」

「好奇心……そんなものでまひなを！　許せない……っ」

するとと、十時はその場から立ち上がり、扉の方へ駆け寄ろうとした。

「おい待て、どこ行くつもりだ？」

「決まってるよ！　まひなを助け出す！」

「……居場所も分からないのにか？」

「捜すよ！」

「どうやって？　もうこの街にはいないかもしれないんだぞ」

「じゃあ黙ってろっていうの！　そんなことできるわけないじゃないっ！　今頃まひな、きっとすっごく怖い思いしてる！　早く見つけてあげないと！」

「いいから落ち着け。それとあまり大声を出すな。ここは病院だぞ」

「っ…………ごめんなさい」

まあ気が立つのは分かる。俺だって身内が攫われたら、そいつのことを絶対許しておけないだろう。何が何でも見つけてぶっ潰してやる。

俺は泣き始めた十時を見ながら思案する。

正直、俺がここで手を引こうがデメリットはない。そもそも身内の被害でもないし、あんな面倒そうな奴にはできるだけ関わりたくないからだ。

「とにかく今日のところは……家族の傍にいてやれ。目を覚ました時にいてやるのもお前の務めじゃないのか？」

「坊地くん…………うん」

俺は十時の肩をポンと叩き、「また来る」と言って部屋を出た。

……また来る……か。何でそんなこと言っちまったんだろうな。

俺は咄嗟に出た自分の言葉に驚きつつも、一応ソルには、十時が一人でバカなことをしないように見張るように言って、そのまま病院を出た後に【幸芽島】へと戻った。

「――――なるほど、そのようなことが」

島に戻り、俺を心配していたシキやイズたちに、何があったのかを伝えると、納得げにイズが言葉を漏らした。

「ですがどれだけ切羽詰まっていようと、せめて某だけでも連れていってほしかったですな。もしそれで殿に万が一があったら、某は死んでも死に切れぬ」

「そうですわ、主様。主様は何よりもご自身のお命を優先してくださいませ。それに確かその十時とやらは、以前主様を裏切った者。そのような者のために危険を冒す必要などありませんわ」

「悪かったな、シキ、イズ。今度からはなるべく気を付けるよ」

本来なら、見知らぬモンスターと対峙する際は準備が必要になるはず。それがソルから、まひなが捕らわれ十時たちが殺されるかもしれないと聞いて、気づけば向こうに飛んでいた。そのせいで俺の情報が、変な異世界人に知られてしまったのである。

別にそれほど親しいわけじゃないのに……何やってんだか俺は。

「まーちゃん……」

そんな中、意気消沈しているのはイオルだ。まひなの身を案じて悲しんでいる。

この子は、こちらの世界に来て孤独だった時に、唯一自分の心を委ねられたまひなが傷つくのが嫌なのだろう。

その時、俺は不意にヨーフェルが渋い表情で考え込んでいるのを見た。

「ヨーフェル、どうかしたのか?」

「……マスター、まひなを攫った老人だが、確かにドクター・ズゥと名乗ったのだな?」

「?　ああ……そうだが、もしかして知り合いなのか?」

「知り合いではない。だが……まったく知らぬ相手でもない」

「どういうことだ?」

「私の知っているズゥならば、その男はかつて大罪を犯し、我らエルフから指名手配されている人物だ」

とても興味深い事実が飛び込んできて、当然俺は詳しい話を聞いた。

「私が生まれる前だから、直接会ったことはないが、私やイオルが棲んでいた村には、昔から大切に育まれてきた大樹があるのだ」

「それってもしかして世界樹ユグドラシルってやつか?」

「いいや、それとは別で、エルフの祖が植えたとされる神聖な樹で、エルフの民にとっては守り神のような存在だな」

なるほど、そんな樹があるのか。

「その樹は、百年に一度、《守護聖の瞳》という果実を生む。その日は記念祭が開かれ、エルフは《瞳》を祭壇に納めて、今後百年の無事を祈願するのだが。記念祭当日、祭壇に捧げたはずの《瞳》が消えていたのだ」

エルフたちは大慌てし、祭りを中断して、すぐに《守護聖の瞳》を全員で捜索し始めたらしい。そして《瞳》を所持した一人の男に行き着いた。

「まさかそいつが……？」

「ああ、ドクター・ズゥだった。奴は《瞳》を盗み、森から抜け出そうとしていたのだ」

当然エルフたちは許さず、ズゥを殺してでも奪い返そうと必死になった。しかし逃亡したズゥを捕らえることはできなかったという。

そしてそれからはズゥという名は、エルフの歴史上、忌まわしきものとして扱われてきた。後にも先にも、このような許されざる大罪を犯したのは、ズゥだけらしい。

「まさか、まだのうのうと生きていたとはな……」

ということは、ズゥは間違いなくエルフだということが分かった。確か奴はスキルも持ち合わせていた。エルフだというならそれも理解できる。

「マスター、頼みがあるのだが」

「……何だ？」

「私にズゥ討伐の許可を頂きたい」

もしかしたらと思ったら、やっぱりか。

「エルフの民を裏切り、私欲で多くの者を傷つける奴を放置しておくことなどできん。それに……トトキたちには借りがある」

反論の余地などないほどの真っ直ぐな意見だ。

……仮に過去の因縁がなかったとしても、恩返しはしたいだろうな。

律儀なヨーフェル。それはここ数日一緒に暮らしていてよく分かった。

気づけば、俺を熱い眼差しで見つめている小さな存在にも気づいた。

「……イオル、お前もか？」

「ヒロさま……まーちゃんは……きっとこわいおもいしてる。あのときのぼくといっしょで……ひとりで…………だから……」

そんな純粋な瞳で見つめないでくれ。眩しくてとても凝視し続けられないから。

しかしどうしたものか……。ハッキリ言って、今度の事件に関与してもメリットはない。ただ身内が強く望んでいることを、ばっさり切るのも釈然としない。

〝——ご主人！　大変なのですぅ！〟

突如、脳内にソルの声が響き渡った。

〝どうした、何があった？〟

〝コイネちゃんが、やっぱりマヒナちゃんを捜すって外へ！〟

〝何だと!?〟

まったく、あのバカが！　今日は大人しくしとけって言ったのに！

それだけまひなのことを思うとジッとしていられなかったのだろうが。

　俺は事情をシキたちに話し、シキ、ヨーフェル、イオルを連れて、《テレポートクリスタル》を使用し、病院の近くへと転移した。

　ソルからの情報を頼りに、十時の足跡を辿ってみると、彼女は近くの公園のベンチに座り込んでいたのである。

「……おい、何してるんだ？」

「!?　坊地くん……。それにヨーフェルさんとイオルくんも」

「家族の傍にいろって言わなかったか？」

「あはは……ごめんね。実は……やっぱりまひなを捜そうって思って外へ出たはいいんだけど、どこを捜せばいいか分からなくて……」

　十時は、ソルを抱えている手にギュッと力を込めると、病院の時のように暗い表情で俯く。

　そんな彼女の傍に、ゆっくりとイオルが近づいた。

「……！　イオルくん？」

「まーちゃん……&＊@4$＋#」

「……もしかして慰めてくれてるの？」

　言葉が通じないから、イオルが何を言っているのか分からないだろう。

　確かにイオルは、「きっと大丈夫」と言っている。

「……マスター、やはり私は……」

ヨーフェルが、見ていられないほど落ち込む十時を一瞥し、俺に懇願するような目を向けてきた。また同時にソルとイオルもだ。

…………やれやれ、だな。

俺はボリボリと頭をかくと、一歩、二歩と十時に近づく。

「――十時、まーちゃんを助けたいか？」

「!?　坊地、くん……？」

俺が即座に「答えろ」と口にすると、十時が「当然だよっ！」と言い放った。

「……そうか。ならやはりお前は病院に戻れ」

「え？　ど、どうして……？」

「病院で……姉の傍で、まーちゃんが帰ってくることを信じて待ってろ」

「……!?　坊地くん……まさかまた……助けてくれるの？」

俺は溜息を吐くと、そのまま踵を返し、

「ソル、ヨーフェル、イオル、タダ働きでもするか」

そう言うと、俺の言いたいことを察してか、三人は嬉しそうに返事をした。

そして、そのまま俺が歩き出すと、三人もまたついてくる。

しかし――。

「――待って！　わたしも連れていって、坊地くんっ！」

十時の言葉が、俺の背に突き刺さった。

「……言ったはずだ。お前は信じて待ってろとな」

「で、でも……」

「それにお前には何も力がない。あんな反則じみた力を持つ奴と戦うのに足手纏いになる。違うか？」

「それは………………うん、その通りだよね」

「分かったなら大人しくしとけ。果報は寝て待てって言うだろ？」

納得したのか、身動きをしない十時を、チラリと見てから、俺は再び歩き出すが……。

「……分かってる」

「む？」

「分かってるよ。わたしは無力だって。そんなの……痛いほど痛感してる」

「…………」

「坊地くんの時もそうだったし、まひなが公民館に閉じ込められた時もそうだった。そして今回だって結局坊地くんに頼って……。だけど……だけどもう待ってるだけなんてできない！　わたしも戦うって決めたから！　今度こそ逃げないって誓ったのっ！」

「十時……お前……！」

「だからお願い！　坊地くんの言う通りに動くから、だから……わたしにも一緒に戦わせて！」

涙目だが、それでも揺らぎのない瞳で、俺の目を真っ直ぐ見返してくる。

コイツ……本当に変わったたな。

そう感じさせるだけの気迫は十分に伝わってきた。

しかしコイツを連れていっても役に立つとは思えない。ただ俺の言う通りに動く、か。さて、どうしたものか……。

「…………はぁ。仕方ない、分かった」

「!? ほんと、坊地くんっ!」

嬉しそうに破顔し、勢いよく俺の近くへ擦り寄ってきた。

「あ、ああ……だが、マジで俺の言うことは聞いてもらうぞ?」

「うん……うん! ありがとう、坊地くんっ!」

……まあ、家族を自分の手で助けたいという気持ちは分からないでもないしな。前回は十時自身が怪我を負っていたために無茶はできなかった。しかし今回は違う。だからジッとなんてしていられないのだろう。

「ではマスター、まずはドクター・ズゥの居場所を探し出さねばな」

ヨーフェルの言う通りだ。そんな彼女の言葉を受けて、十時が少し戸惑いを見せている。あ
あ……そうか。

「十時、これをつけろ」

「え？　これって……ピアス？」

俺が手渡したのは《翻訳ピアス》である。こうなった以上、ヨーフェルやイオルたち異世界人とコミュニケーションが取れないのは面倒だろう。

「これって……坊地くんもつけてるやつだよね？」

「いいからつけろ。それですべてが分かる」

俺の言いたいことが理解できない様子だが、それでも十時は、言われた通りにピアスを耳につけた。

俺はヨーフェルに目配せをして、十時に喋りかけるように促した。

「トトキ・コイネ、私の言葉が分かるか？」

「えっ!?　ヨ、ヨーフェルさん……の言葉が分かる……!?」

どうやら問題なく作用してくれたようだ。十時が説明が欲しそうに俺を見つめてくる。

「これもあの空飛ぶ本と一緒だ。つけるだけで、異世界人の言葉が分かる機能を持ってる不思議アイテムだ」

「そ、そうなんだ。でもそっかぁ、坊地くんはこれがあるからイオルくんたちと話せたんだね」

「ま、そういうことだ。それよりも——ソル、シキ」

「はいなのですぅ！」

「——ここに」

　突如言葉を話し始めたソルと、俺の影からぬぅっと現れたシキを見て言葉を失う十時。そんな彼女に、俺は彼女たちがモンスターの一種だが、言葉を話せる仲間だという説明をした。

「……何だか色々なことを一遍に教えてもらって混乱してるけど……坊地くんって凄いんだね！」

「その通りなのですよぉ！　ご主人はすごーいのです！」

「うむ、某のすべてを預けられるお方ですぞ」

　どうやらソルもシキも、十時に思うところはないようで、あっさりと気を許しているようだ。

　そして俺は、以前使用した《サーチペーパー》を取り出し、そこにドクター・ズゥの情報を書き記したあとに空へ飛ばした。この地上のどこかにいるのであれば、これですぐに見つけてくれるだろう。

　普通なら信じられないだろうが、今までの俺の実績からか、十時もまた不思議な紙ヒコーキの機能を簡単に信じた。

　すると、僅か一分も経たないうちに、受信用の《サーチペーパー》が反応し、そこに書かれた内容を見てギョッとする。

「……まさか奴がいる場所がココ……とはな」

「ぼ、坊地くん……？　まひながいる場所はどこ！」

　俺は皆の視線を受け止めながら、静かに口を開いた。

「――――【赤間霊園】だ」

※

「…………んむぅ。これは面倒なことになったわい」

作業台を見ながら、ドクター・ズゥは渋い顔で唸っていた。そんな彼の目の前には、少し前に捕らえてきた十時まひなが横たわっていたのだ。

しかし現在、作業台の上には奇妙な赤い蕾らしきものがある。さらにいえば、その大きさが異常で、子供一人くらいならば包み込めるほど。

実はこの蕾だが、実際にその中にはまひなが閉じ込められているのである。

三十分ほど前のことだ。ズゥがまひなの身体に実験を施そうと、ズゥが調合した薬液が入っている注射器を、まひなに近づけた。

その直後、彼女がこれまで以上に泣き叫ぶと同時に、まひなの服のポケットが突如膨らんで、そこから巨大な花が出現し、まるで彼女を守るようにして一瞬にして包み込んだのである。

「しかも刃物が通らんとはのう……」

作業台の上には、様々な工具などが置かれており、その中にはナイフやメスなどの刃物もある。それらを駆使して蕾を破ろうとしたが、まひなを包んでいる花弁は傷一つつかなかった。

「厄介な……もしやこれがこやつのスキルじゃったか？」

ズゥはそう推測したものの、実はそうではない。以前イオルが、別れの際にまひなに一つの〝種〟を手渡した。

イオルはお守りと口にしたが、文字通り、所持者に絶対的な危機が訪れると発芽し、蕾になって対象を守ってくれるのである。

「んむぅ、これだからワシの《サイコメトリー》は汎用性が低い。蕾を通して情報を読み取れると助かるんじゃがのう」

どうやら彼のスキルは、生物にしかまともに働かないようだ。

「じゃが興味深いのう。このようなスキルは見たことがないわい。キヒヒ、よいぞよいぞ。やはり未知の探求というのは極上の食と同義じゃのう」

まるで美味いものを目の前にしているかのように舌舐めずりをする。

「これほどのスキルの秘密を暴くことができれば……ワシの野望にもまた一歩近づく」

だがその時だ。作業台近くのテーブルの上に置いていた水晶玉に、新たに赤い点が灯った。

「む？　これは……」

その水晶玉はスキル持ちに反応する。新たに灯った点。それはつまりこの近くに、またもスキル持ちが現れたということ。

「しかもこちらに向かっておるようじゃのう」

ズゥは訝しみながら水晶玉を睨みつける。

「こちらの人間どもから情報を取り出したが、スキルやモンスターなど存在しないことは分かっておる。じゃが不可思議にも、この世界にモンスターが現れてから、こやつや小僧のようなスキルを持っている人間もいるとのことじゃったのう」

その事実は、まひなの記憶から得られた情報であった。しかしスキル持ちは珍しく、誰もが発現できる代物ではない。そしてそれはズゥの棲んでいた世界でも同じだった。

「にもかかわらず、また新しいスキル持ち？　しかもこっちに向かっておる……妙じゃのう」

ズゥはこれでも疑り深い人物であり、スキル持ちの人材を求めている自分に、こうも都合よくポンポンポンポンと、近くに現れるとは考えていないのだ。

「ということは…………あの小僧の可能性が高いか。こやつを奪い返しにきたんじゃな」

そう考えるのが妥当であった。

「どうやってこの場所を探り当てたのかは気になるが、まあよいわい。こちらから出向く手間が省けたと喜んでおこうかのう」

ズゥにとって日呂もまた実験対象者であり捕縛するべき人物だった。それがわざわざ向こうから来たというのは、彼にとって都合が良かったのである。

「キヒヒヒヒ……では歓迎するとしようかのう」

突然の来訪者に恐れることなく、ズゥは愉快げに口角を上げていた。

第五章 ≫ 繋がりと強さと

俺は《ジェットブック》に乗りながら、眼下に広がる光景に目を見張った。

何故なら、以前この【赤間霊園】にやってきた時、ここはダンジョン化しており、間違いなく俺自身の手でダンジョン化は解いておいたはず。

「……どういうことだ、これは？」

俺だけじゃなく、凡ダンジョンというものの仕組みを知っている人物ならば疑問に思うことだろう。

その疑問――何故か、そこかしこにモンスターがウヨウヨしているのである。

「一度ダンジョン化して解けたら二度としないんじゃねえのか？」

少なくとも、日呂の見解はそうだった。そういう事例が今までなかったからだ。

それなのに、ココは以前の時のようにモンスターが跋扈しているエリアと化している。

「……殿、どうされますかな？」

傍に立つシキが、同じように怪訝な表情を浮かべながら聞いてきた。

「やることは変わらん。ダンジョン化してるなら、また解けばいいだけ。それよりも……分かりやすいようで何よりだな」

俺は霊園の頂上へと視線を向けると、そこには以前にはなかった半球状の土の塊を発見する。明らかにそこが目的地のように見えた。

さらにご丁寧に、その周りには強そうなモンスターが配置されている。

一応変わったところを、《念話》でソルに伝えておく。

「あの中にまひな殿が？」

「さあな、向こうが俺たちの接近に気づいてるなら罠ってこともあり得るが。まあいい、どのみち罠なら突き破ればいいだけ。こっちだってただ無策で来たわけじゃない」

そうだ。こっちに来る前に相手の対応を想定し、できるだけ準備をしてきた。だからまずは――。

「俺たちの役割をこなすぞ、シキ」

シキが「はっ！」と返事をすると、俺たちはそれぞれ武器を構え、そのまま地上へと降り立った。

※

「――よし、マスターたちが動き出したようだな。では私たちも向かう」

森の中からスッと姿を見せたヨーフェルさんがわたしたちを促す。ちなみに傍にはソルちゃん、イオルくんの二人もいる。合計四人のパーティ。

わたしたちは、坊地(ぼうち)くんが敵を引きつけている間に、まひなの正確な居場所を探り救出する役目を担(にな)っていた。

坊地くんとは、ソルちゃんを通じて《念話》で連絡が取れるらしく、あちらやこちらの情報を逐一(ちくいち)報告することになっている。

「《サーチペーパー》によると頂上付近にまひながいるようだが、こうもモンスターが大量に発生しているとはな……」

ヨーフェルさんも予想外な事態なのか、険しそうに眉(まゆ)をひそめている。だがすぐに口端を上げて微笑した。

「ちょうどいい、マスターから授かった《幻蒼弓(げんそうきゅう)》の恐ろしさを見せてやろう」

木々の陰から半身だけを出し、少し遠めにいるゴブリンのようなモンスターに焦点を合わせるヨーフェルさん。そして静かに弓を引く。

「……綺麗」

思わずわたしは、そんなヨーフェルさんの構える姿を見て感動を覚える。

容姿が非常に整っているヨーフェルさんの凛々しさと相まって、まるで絵画にでも描かれる一枚のように思わされるほどの美麗さを備えている。

放たれた矢は、空気を切り裂きながらあっという間にモンスターの額を貫いて絶命させた。

そうやって、ここから目に見える範囲で、素早く矢を射って、次々とモンスターを討伐していくヨーフェルさん。

……わたしにもこんな力があったら。

そう思いつつ歯嚙みする。彼女ほどの実力があれば、まひなを……家族を守れたのに。

運動神経はそこそこ良いかもしれないが、ただそれだけだ。戦う技術もないし、武器も持ち合わせていない。そもそも格闘技の知識すら覚束ないのだ。

それにたとえ多少武道の心得があったとて、あんなバケモノたちに勝てるとも思えない。それこそ銃や爆弾などがあったら分からないが。

だから単身でモンスターと戦うことができる坊地くんやヨーフェルさんが羨ましい。

でも……何で坊地くんはあんなに強いんだろう。

ヨーフェルさんは異世界人で、恵まれた身体能力や才能、そして幼い頃から磨き上げてきたから強いのは分かる。だけど坊地くんは、普通に日本で生まれ育った人のはずだ。なのに何故……？　ソルちゃんやシキさんのことも気になる。

そもそもあれほどの力があるのに、何故王坂くんのイジメに大人しく耐えていたのかも疑問だ。彼が本気なら、力ずくでどうにかできたと思うのに……。

「――よし、このまま進むぞ」

ヨーフェルさんの言葉に従い、わたしたちは木々の合間を縫って墓場エリアへと入っていく。

こんなところで戦うなんて罰当たりでしかないが、今日のところは許してほしいと願いつつ歩を進める。

そして、頂上付近に来た時、そこには以前なかった土の塊があった。

その周辺にもモンスターが大量にいるが、そのほとんどが騒ぎを起こしている坊地くんの方へと意識を向け、中には対処に向かう者たちもいる。

「……!?　まーちゃんが……いる」

「イオルくん!?　そ、それ本当!?」

イオルくんがコクリと頷きながら、目の前にある土の塊を指さす。あの中にまひながいるらしい。

まひな、待ってて。今すぐお姉ちゃんが助けてあげるからね。

逸る気持ちを抑えながら、慎重に近づいていく。しかし入口には、通さないと言わんばかりに、二体の巨大なモンスターが守っている。

ヨーフェルさんの指示で、手薄になっている裏手へと回り、そこから侵入するとのこと。

「でもどうやってですか、ヨーフェルさん？」

「ソルに任せるのですよぉ！　はぁぁぁぁ、ぷぅぅぅぅぅっ！」

ソルちゃんが大きく息を吸い込んだと思ったら、驚くことにその小さな口から激しい炎を噴き出したのである。その熱量は凄まじく、次第に土の壁が真っ赤に染まっていき、そしてドロドロと溶け始めたのだ。

す、凄い……！　こんな小さなソルちゃんでも、やっぱりモンスターなんだね。

「ぷぅ！　これで通れるのですぅ！」

人が簡単に通れるほどの穴が開き、ヨーフェルさんを先頭に、警戒しながら中へと入っていく。

結構な規模で、家のように幾つか区切られた部屋なども造られているようで、わたしたちは、その一つの部屋の壁から侵入したようだ。

この短期間で、どうやってこれほどの建物を造り上げたのか不思議で仕方ない。これも坊地くんが言うスキルに関係するのだろうか。

小部屋から脱し、通路を介して別の部屋を覗き込んで「ひぃっ!?」と思わず声を上げてしまった。

そこには壁一面に磔にされた人たちがいて、血塗れのまま、まるで人形のように身動き一つしないのである。

「……死んでいる。何と惨いことを」

ヨーフェルさんが、彼らに近づいて生死を確かめるが、やはり亡くなっているようだ。

「恐らくだが、この地の人間たちを攫い、この世界の情報を集めていたのだろう。そして用がなくなった途端に……」

「そ、そんな……酷過ぎる……！」

ヨーフェルさんの見解に、わたしは思わず目頭が熱くなり、同時に怒りが込み上げてくる。

こんな命を弄ぶようなことが許されていいわけがない。

「噂に聞いたドクター・ズゥ。想像以上に頭のおかしい人物のようだな」

そんな人にまひなが捕まっていると思ったら益々怖くなってくる。

「ヨーフェルさん！　まひなを！　まひなを早く！」

「ああ。イオル、分かるか？」

「……うん。まーちゃんはあっちにいる」

どうして彼にそこまで分かるのか疑問だが、今はその自信を信じたい。

そうしてイオルくんが指し示す方へと進んでいくと――。

わたしはその開けた場所を見回しながら「ここは……？」と呟く。

大部屋になっており、大量の箱や棚などが壁際に置かれ、そこには元々地球に存在する本や玩具（おもちゃ）など、様々な雑貨などが粗雑に収められていた。

そして中央には病院にあるような手術台みたいなものが設置されていて、その上には奇妙なものがある。

「蕾（つぼみ）……？　いや、でもまひなは……？」

今は巨大な蕾なんてどうでもいい。愛する妹は一体どこにいるのか……。

すると、イオルくんが「まーちゃん……ぶじでよかった」と言いつつ、あろうことか手術台の傍へと近づいた。

「え？　イオルくん……？　まさかその蕾に？」

「うん……このなかに……まーちゃんいる」

これには驚愕（きょうがく）した。だがその時、不意にイオルくんとの最初の出会いを思い出す。彼もまた、こんなふうに巨大な蕾の中にいたのだ。

「で、でも何でこんな蕾の中に……？」

「これはイオルが渡した種が発芽（はつが）した結果だな」

「種……!?　そ、そういえば別れる時に……？」

イオルくんがまひなに小さな種を渡していた。そしてまひなはそれを毎日肌身離さず持っていたのである。

聞けば、これはまひなが本当に危険な状態にある時に発動し、こうして蕾になって守ってくれるという。

　そっか、だからイオルくん……まひながいる場所を感じ取れたんだ。

　それは恐らく、イオルの能力で作り出した種だから。それが発芽して、まひなを守っているということが感覚的に分かったのだろう。その気配を通じたから、こうしてわたしたちを導けたのである。

「あれ？　でもこれ……硬くて解けないよ？」

　わたしが蕾を開こうとするが、うんともすんとも言わない。

　すると、イオルくんが「だいじょうぶ」と言って、チョンと蕾に触れると、まるで待っていましたとばかりに、ひとりでに蕾が開いたのである。

　そしてその中からは、気持ち良さそうに眠る女の子がいた。

「――まひなぁっ!?」

　たまらずわたしは、眠るまひなを抱き上げる。

「……っ。……おね……え……ちゃん？」

　久しぶりに聞く妹の覚醒(かくせい)した声に、わたしの目から、とめどなく涙が流れる。

「まひなぁ……まひなぁぁ………良かったよぉ……！」

「おねえちゃん……いちゃいよぉ……」

　ギュッと強く抱き締め過ぎたようで、まひなも苦しそうな表情を浮かべるが、どこか嬉しそルさんたちもホッとしたように笑顔を浮かべている。

うな声音(こわね)である。まひなも寂しかったのだろう。そんなわたしたち二人の姿を見て、ヨーフェ

——やはり招き入れて正解じゃったわい。

その時、聞きたくない声が響き、同時に部屋の壁から勢いよく煙が噴き出してきた。

「その硬い蕾には難儀(なんぎ)しておったのじゃ。解いてくれて助かったわい」

見れば、どこかに隠れていたのか、ガスマスクをした白衣の男が立っていた。間違いない。

彼こそが、まひなを拉致(らち)した犯人——ドクター・ズゥだ。

そうか、彼もまたあの蕾の守りを破けずにいたのだろう。そこでもしかしたらわたしたちの

誰かが解けるのではと考えて……。

わたしたちは、逆に誘い込まれたってこと⁉

つまり彼が仕組んだ罠(わな)だったということだ。

「こ、これは……っ⁉　お前たち、この煙を吸うなっ！」

ヨーフェルさんが一瞬で、煙が害あるものだと気づいたようだ。しかしそれでも一歩遅く、

まひな、イオルくんがぐったりとしてしまう。

ソルちゃんが、せめてズゥを仕留めようと突進するが、またもあの障壁がソルちゃんの攻撃

をあっさりと弾いてしまう。

「キヒヒ、逃げ場はないぞ。そのまま倒れるがよいわい」

せっかくここまで来てまひなを救い出せたのに、また奪い返されるなんて嫌だ。

「っ…………舐めるなよ」

ドスの利いた声を出し、歯を食いしばるヨーフェルさん。彼女が弓を構え、矢の先をズゥへと向ける。

「じゃから無駄じゃというに」

彼は余裕だ。逃げる素振りすら見せない。あの障壁に絶対の自信があるのだろう。しかし次の瞬間、ヨーフェルさんは何を思ったのか、標的を彼から壁の方へと変更したのである。

「私の力と、マスターが授けてくださったこの弓があれば――」

「キヒヒ、無駄じゃよ。この研究室の壁は、他のところより頑丈に造っておるからのう。たかが人間が弓矢で……んむぅ？　その耳……よもや貴様、エルフか？」

そこで初めてヨーフェルさんがエルフだと気づいたようだ。

「気づいても遅い！　我放つは神槍のごとし――《列渦閃》っ！」

矢の先端に空気の渦が生まれ、放たれた矢は、さらに渦を大きくしながら壁へと突き進み衝突した。

それはまるで刀同士が鎬を削り合うような音と火花を生む。

そして数秒後——巨大な竜巻のような威力を施した矢は、壁を大きく刳り抜き、そのままさらに奥にあった大木をも砕いて消えていった。

あまりの破壊力に、わたしだけでなくズゥまでも呆気に取られている中、

「コイネ、今すぐ離脱だ！」

イオルくんを担いだヨーフェルさんの言葉にハッとなり、わたしもまひなと一緒に、ソルちゃんもまた大穴から外へと脱出したのであった。

※

突然大きな衝撃音とともに、霊園の頂上付近から白煙が上がる。

アレはヨーフェルの放った矢か……？

それは俺が授けた《幻蒼弓》によって強化された一射だった。ヨーフェルのスキルをより効果的にする能力もあるが、当然単純な力もまた爆発的に上がる。そんな強力な一撃が、止まることなく空を切り裂いて飛んでいく。

ヨーフェルがあの技を使うなんて、もしかして閉じ込められたのか？

俺は、ヨーフェルたちに起こったことを予想しながら、シキとともにモンスターを駆逐しつつ、すぐさま頂上へと辿り着く。

見ると、土のドームから大きな横穴が空き、そこから出ている白い煙を突き抜けながらヨーフェルたちが飛び出てきた。

そして、俺は十時(ととき)が抱えているまひなを見てホッと息を吐く。

どうやら無事に奪い返せたようだな……。だがこの煙は……？

ただの土煙ではないことを察知する。

「殿、恐らくは毒。吸い込まぬように願いますぞ」

シキが俺の疑問に答えてくれた。なるほど、やはりヨーフェルたちはドームの中に閉じ込められてしまったのだろう。そしてズゥによって毒煙をドーム内に充満させられた。そのため脱出するために壁を破壊したといったところか。

慌てて出てきたヨーフェルたちだが、俺の姿を見て近づいてくる……が、辿り着いた直後にヨーフェルと十時が膝を折る。ソルもまた「ぷにぃぃぃ……」と、項垂(うなだ)れるように俺の傍で倒れた。

顔色も悪い。どうやら脱出はできたものの、毒をある程度吸い込んでしまったのだろう。命に別状はないはずだ。何せ実験対象のまひなもいる。

「ヨーフェル、身体(からだ)はどうだ？」

俺が問いかけると、ぐったりしているイオルを地面にそっと寝かせた彼女が口を開く。

「全身が痺(しび)れてきている……足が言うことを聞かない……っ」

どうやら身体の自由を奪う効能を持っている毒のようだ。

「――よもや、まんまと脱出されるとはのう。予想外じゃったわい」

そこへ同じように穴の中から姿を見せたのは、ガスマスクをしたズゥだった。

「せっかく一網打尽にする計画じゃったんじゃがのう」

「……やっぱ俺たちを誘い込むつもりだったか」

「ほほう、それが分かっていて仲間を犠牲にするとは、小僧……お主もなかなかに悪党よのう」

「貴様ぁ、殿を侮辱するつもりか！」

ズゥの俺に対する評価に憤りを感じてか、シキが怒りを露わにする。

「んむぅ？　そういえばお主も初めてじゃのう。見たところモンスターのようじゃが……よもやシノビキリか？　いや、それにしては造形が……待てよ、進化したソニックオウル……！　二体目の進化モンスターを従えておるのか？」

俺が「だったら何だ？」と冷たく答えると、ズゥは俺に目を凝らす。

「やはりお主は興味深いわい。是非とも解剖したくなったのう」

「解剖……やっぱスキル持ちを人体実験するのが目的なんだな？　理由は何だ？」

「ほほう、知りたいか？　知りたいじゃろうのう」

ジジイがムカつくほどニヤニヤしながら「言うなれば……」と言葉を続ける。

「……真理を紐解くためじゃな」

「真理を……紐解く？　何わけ分からんことを言ってる？」

「んむぅ、真理に興味が惹かれぬとは、見込み違いじゃったかのう」

明らかに馬鹿にしたような眼差しを俺に向けてくる。

「スキル――これが世の真理を紐解く鍵になるんじゃよ」

「？」

「分からぬか。ならスキルという存在の意味は理解しておるかの？」

「存在の意味……だと？」

「そうじゃ。スキルというのは世界樹ユグドラシルの恩恵とされておる」

それは確かヨーフェルも言っていた。

「スキルは規格外の力じゃ。その身に宿れば、超人的な立場を手にすることができる。そのような力を授けることができる存在――それが世界樹ユグドラシル。無から有を生み出す御業。そのような力を有するユグドラシルを、古代人は〝神〟として崇めてきた」

古代人……エルフに関係する連中だろうか。

「しかしじゃ……一体誰がそれを証明した？」

「……何？」

「世界樹ユグドラシルが、人を選別し、超越した力を与える。それを一体誰が決めたんじゃろうのう」

コイツ……一体何が言いたいんだ？

「ワシはのう、スキルの秘密を暴くことこそが、世界の真理を知る近道だと思うておる」

スキルの秘密……？

「そうすれば自ずとユグドラシルの全貌も紐解けるじゃろう。本当はユグドラシルそのものを調査したいが、それは鬱陶しいエルフどもが阻むからのう」

エルフにとっては大切な大樹だ。ジジイのような奴に弄り回されたりしたくないだろう。

「故に、まずはスキルを研究し尽くし、その先にある世界樹の……〝神〟と称される存在の真理を、この手で暴く。それがワシの至高の野望じゃ」

「……つまりこれまで、お前はスキルを持つ連中を、自分勝手に拉致して人体実験でもしてきたってことか？」

「キヒヒ……いずれ歴史に名を残す偉大な大錬金術師となる、このワシの野望の礎になれるんじゃ。ありがたいじゃろうのう」

「……フン、くだらんな」

「っ……くだらんじゃと？　貴様のような凡人には分からぬだけじゃよ。真理を極め、神を知ることができれば、ワシもまた神に等しい存在となる！」

大いなる野望を、見せつけるように胸を張って宣言するジジイ。

「…………はぁぁぁぁ」

「⁉　何じゃその溜息は！」

「別に。ただ、大層な野望を持ってるのかって思ったら、ありふれた悪党どもが描く陳腐な野望だったことに呆れてるだけだ」

「ち、ちちちちち陳腐だとぉっ⁉」

「ああ、何度でも言ってやるよ。お前の野望なんて、くっそくだらねえ。そんなもんに、まひなの人生をくれてやる気はねえよ」

「ぐっ……この──」

「それに……だ。さっきお前は、俺が仲間を犠牲にしたって言ってたが、そんなつもりは毛頭ねえ」

「何じゃと？」

「コイツらなら、たとえどんな事態が起きても、必ず任務を達成できるって信じたから送り出したまでだ」

十時は別だが、ソルと《幻蒼弓》を託したヨーフェルがいれば、多少難題があっても対処できると踏んでいた。

「そして見事にコイツらは、まひなを救い出せた。勝ち負けがあるとしたら、間違いなくお前の負けなんだよ、このマッドジジイ」

「っ……言うてくれるわい。ならば早々に第二回戦といこうかのう。そして最終戦じゃ。無論、結果はワシの勝利で終わる予定じゃがな！」

するとズゥが白衣の左右のポケットに両手を入れ、そこから何かを取り出し、空に向けて放り投げた。

それは複数のサイコロ型の物体。俺は、それに見覚えがあった。

投げられたサイコロ型の物体の一面が、フタのようにパカッと開くと、そこから光が放たれ、次第に大きく形を成していく。

そして光が収束すると、それはモンスターへと姿を変えたのである。

「なるほどな、ここいらにいたモンスターは、ダンジョンモンスターじゃなくて、ジジイが捕獲したモンスターだったか」

以前、俺も使用したことがある《モンスターキューブ》である。モンスターに投げつけると、一定の確率で捕獲することができるのだ。

現れたゴブリンやオークなどのモンスターが、俺たちの姿を見ると一斉に敵意を向けて襲い掛かってくる。

それを俺とシキは迎え撃って、一撃のもとに切り伏せていく。

だが妙だな。何でズゥは攻撃されない？

捕獲したからといって仲間になるわけじゃない。つまり、モンスターを解放したら、当然捕獲者自身にも牙を剝いておかしくないのだ。それなのにズゥを目にしたモンスターたちに、彼を襲う気配が微塵もない。

…………ん？

そこで気になったのは、モンスターたちの首。そこには見慣れない赤い首輪のようなものが嵌められている。

そういや、ここにいたモンスターたちは全員してたな。

だが、今までダンジョンで遭遇したゴブリンたちは、あんな首輪などしていなかったはず。

俺は《ボックス》から《鑑定鏡》を素早く取り出して首輪を確認する。すると、あっさりと俺の疑問は解決された。

首輪の名称は――《奴隷血輪》。その名の通り、首輪を付けることで、対象を奴隷化することができるらしい。しかも開発者はズゥのようだ。

しかしその中には、ぐったりしているモンスターもいた。ズゥが、そんなモンスターを冷たい瞳で見つめると、鬱陶しげに顔を足蹴にする。

「やれやれ、《奴隷血輪》の出力に耐えられずに衰弱化しおったか。情けないのう。これだから実験耐性のない矮小物は困る。使えん道具め！」

モンスターの顔を踏み潰し、あっさりと絶命させてしまう。

そんな醜悪な行いを見た十時から、「ひ、酷い……」と言葉が漏れる。たとえ恐ろしい存在でも、尊厳すら踏み躙るズゥの行為には嫌悪感を覚えたのだろう。

そして、俺もまた同様の思いは込み上げている。

「次々と俺の美学に反することをしてくれる！　――シキ、出し惜しみするな！」

俺の指示を受けたシキの眼光が鋭くなった直後、彼は残像を残すような電光石火の動きで、瞬く間にモンスターを一掃(いっそう)し、そのままズゥに向けて右手の鎌を振り下ろした。

――バチヂヂヂィィイイっ！

シキの攻撃は、ズゥの周囲に出現した障壁によって防がれてしまう。

「むっ……！　ならばこれでっ！」

シキが両手から鎌を出して障壁に向かって烈火のような連撃を繰り出す。

鎌と障壁が衝突する度(たび)に、激しい音と火花が散る。

最後に全力での攻撃を放つシキだが、やはりそれでも障壁はズゥを完全に守っている。

そうして、一旦シキは後ろへ退き、俺の目前へと立つ。

……シキの攻撃でもビクともしねえか。

「マ、マスター……」

「ヨーフェル？」

「奴が……首から下げているものが、例の障壁を生み出す道具だな？」

「ああ、よく分かったな」

「当然だ。何故ならばアレは……アレこそが《守護聖の瞳》だ」

「!?　……本当か？」

「ああ、私も直接見たわけじゃないが、長老から聞いた話によれば、間違いないだろう」

そして、その見解を正すかのように、話を聞いていたズゥがニヤリと深い笑みを浮かべる。

「やはりエルフ、少々形を変えようが分かってしもうたか。そうじゃ、これこそワシがエルフの里より盗み出した《守護聖の瞳》じゃ」

ズゥが《瞳》を手に取り、うっとりとした表情で続ける。

「どうじゃ？　美しいじゃろ？　加工に難儀はしたが、このワシの手でこれほどまでのアーティファクトを錬金することができた。キヒヒ、やはりワシは天才じゃのう！　キーヒッヒッヒッヒ！」

確か奴は《オートタリスマン》と言っていた。一応俺の《ショップ》スキルで検索したが存在していなかった。奴が独自で作り上げたのなら仕方ない。

「《守護聖の瞳》はSランクの至宝。たかがAランクやBランクごときで、至宝の壁を突き破れると思うたか？」

エルフたちが守り神として讃(たた)えてきた大樹が生み出す永年の果実。確かにそんじょそこらの攻撃ではビクともしないはずだ。

……まあいい、一応シキの攻撃でどうなるか確かめてみただけだしな。

俺は折れてはいなかった。何せ、元々ズゥからも情報があったからだ。だからそのために準備してきたのだから。

「しかしこちらも奴隷モンスターだけでは力不足。ならば――」

ズゥが懐から取り出したのは、《モンスターキューブ》とは違う色をした複数のキューブだった。

……アレは確か……！

それが何かすぐに思い当たったが、ズゥがすぐにキューブを発動させると、同じように光が放出され、中から大量の試験管が出てきた。

ズゥが使ったのは《アイテムキューブ》といわれる代物。《モンスターキューブ》と同じ効果を持つが、収納できるのはアイテムだけ。

「キヒヒ、ここの土壌はなかなかに優秀じゃから重宝するわい」

そう言いながら、試験管を地面に向けて投げつける。試験管が地面に衝突して、中に入っている液体が地面へとぶちまけられた。

すると、液体を吸った地面のあちこちが、次々と盛り上がり形を変えていき、それは十時の家で見たゴーレムとして完成したのである。

「そういえば、まだ紹介しておらんかったわい。こやつらはワシの僕――《錬金人形》じゃ。

さあ、お主たちよ、そやつらを無力化しろ」

十数体の《錬金人形》が、ズゥの命を受けて一斉に動き出す。しかもこいつらには首輪がなく、創造主であるズゥの指示だけに従っている。

しかしシキの方が、力も速さも上であり、その鎌の鋭さでもって、相手の四肢(しし)を切断し、次々と戦闘不能にしていく。

ただズゥは笑みを崩さない。その理由はすぐに明らかになる。

ダルマ状態になったはずの《錬金人形》だったが、地面から土を吸い上げて四肢を再生したのだ。

「無駄じゃ。そやつらは土塊(つちくれ)そのもの。土さえあれば何度でも復活するわい」

と、自慢げに胸を張るズゥだが、永遠に動き続けられる存在なんてない。

俺は《鑑定鏡》で《錬金人形》を調べると、やはりそこにはカラクリがあった。

「シキ、もう一度奴らを倒せ！」

「!?　……畏(かしこ)まりました！」

俺の命令を速やかに実行するシキ。

「んむぅ？　無駄じゃと言ったのが分からんかったのか？」

などと、ズゥが俺に呆れた表情を向けている。

シキが四肢を切って倒した《錬金人形》に、俺は愛刀を持って近づき、

「……ここだな」

《錬金人形》の首筋に向かって刀を突き刺した。するとどうだろう。まるで糸が切れたマリオネットのように身動きをしなくなり、そのまま溶けるようにして大地に還ったのである。

「何度でも……何だって？」

俺は含みをもたせた微笑を浮かべつつ、ズゥに問いかける。そんな俺の言葉を受け、ようやく笑みを崩し悔しそうな顔を見せたズゥ。

「お主……っ、この短時間で、こやつらの攻略法を悟ったというのか？」

そういうこと。《錬金人形》は確かに土さえあれば、身体の至る部分が損壊しても復活することができる。しかしそれは《錬金人形》を構成している〝核〟が動力として機能しているからだ。

《錬金人形》の身体の中には、《錬金人形》を《錬金人形》たらしめる動力核が存在し、それを破壊すれば、元の土へと戻るのである。

そしてシキにも、《念話》で伝え、あっという間に《錬金人形》を無力化した。

「さあ、残りはお前一人だ。この最終戦に勝つんじゃなかったか？」

「っ……キヒヒ、確かにお主らの強さは意外じゃったが、結局ワシには指一本触れられないことは明らか。それにワシにはまだ切り札もある」

切り札を使わせる前に倒してやる！

俺とシキはアイコンタクトを取ると、同時に大地を蹴ってズゥへと突撃する。

槍のように刀を突き出す俺と、両手の鎌で切り裂くように攻撃をするシキ。

だがズゥは余裕を見せ笑う。その証拠に、俺たちの攻撃はやはり障壁に阻まれ届かない。

「本当に無駄なことをするのが好きな連中じゃわい。さっさと諦めて、その身を捧げたらどうじゃ？」

「ふざけるな！　お前みてえな奴に身を委ねてたまるか！」

「キヒヒヒヒ、お主は何も分かっておらんのう。というより、勘違いをしておる」

「勘違いだと？」

「そうじゃ。お主がそうしてワシに歯向かえるのは、仲間が無事じゃからじゃな？　しかしそれが間違っておるんじゃよ」

その時、ヨーフェルや十時たちが咳き込み、非常に辛そうだ。そんな彼女たちが、自分たちが抱えるイオルとまひなの様子を見て青ざめた。

何せその幼い子たちの表情がさらに歪み、軽く痙攣し始めたからだ。

「イオル？　どうしたイオル？」

「ま……ひな？　まひなっ、しっかり！　げほっ、げほっ、坊地くん！　まひながっ！」

慌て出す二人の尋常ではない様子に、俺も内心焦りを覚える。

「あやつらに吸わせた毒は、確かに身動きを奪う前提に開発したものじゃ。しかし毒は時間が経つにつれ、体内で変貌を遂げていく」

「変貌？」

「麻痺毒から神経毒へと変貌し、その命を刈り取るんじゃよ」

「!?　てめえ……実験体が死んでもいいってのか？」

「確かに生きた身体の方が都合が良いが、別にその身さえ無事なら死んでても、ワシの研究には何ら支障はないわい」

そう言い放つズゥのいやらしい笑みを見て、腸が煮え滾るのを感じる。

「あの毒を解毒できるのはワシだけじゃ。さあ、仲間の命が欲しければ矛を収めるがよいわい。キヒャヒャヒャヒャ！」

まるで勝利を確信したかのような笑い。

俺はそんな中、シキとともに手を緩め、奴の前で棒立ちになる。

「それでよいのじゃよ。なあに、別に死にはせん。お主らは貴重じゃからのう。ちゃあんと最期の最期まで使ってやるわい」

俺が敗北宣言をしたと思い込んだズゥが、俺に対して手を伸ばしてくる。

「はあはあ……まずはお主の持つその情報を頂くとするかのう」

興奮を露に、例の《サイコメトリー》で俺から記憶を盗み見ようとしているのだろう。――しかし。

「――マジでムカつくわ、お前」

俺の発言に、「あん？」と眉をひそめるズゥに、再び俺とシキは攻撃を開始した。ただ当然、また障壁に阻まれてしまうが。

「っ!? い、一体どういうつもりじゃ！ 仲間がどうなってもいいのか！」

「……黙れ。俺がお前に屈することなんてねえんだよ」

揺るぎない俺の声音に驚愕するズゥ。しかしすぐにまた勝利者のような笑みを見せつけてくる。

「ならば後悔すればよいわい！ もうすぐあやつらは死ぬ！ そうじゃ！ お主のくだらぬ意地のせいで死ぬんじゃ！」

「いいから黙れって言った。それに――勝つのは俺だ」

その時、どこかから綺麗な歌声が流れてきた。

「な、何じゃ？ 歌……？ 何故このような墓場で……!?」

当然ズゥは、この場に似つかわしくない歌に困惑気味だ。だが直後、彼の表情はもっと強張ることになる。

何故なら、シキの攻撃を受けている障壁部分が、キシキシと音を立ててヒビが入り始めたからだ。

「――《衰弱のソナタ》」

その歌声は、対象を弱体化させる効果を持つ。

そんな特殊な能力を持つ存在は、この世界に一つ。

雪化粧したような見惚れるほどの美しい白き翼をはためかせ、上空で舞いながら美声を放つは、俺の新たな使い魔である——イズ。

この戦いの前、俺が呼び出して、ズゥに気づかれない場所で隠れるように指示をしておいた。

そしていつでもその歌で、俺たちのサポートができるように。

「…………よくやった、イズ」

その瞬間、シキの攻撃が弱体化した障壁を切り裂いた。

これはイズが進言した作戦だった。障壁のことを彼女に話すと、自分ならば弱体化させることができる、と。だからこの策を実行することにしたのである。

「ば、馬鹿なぁっ!?」

そして、俺の《桜波姫》による突きが、ズゥが首から下げている《守護聖の瞳》を貫き、そのままズゥの胸を突き破ったのである。

「あっ……がぁ……っ!?」

信じられないといった苦悶の表情で身体を震わせるズゥ。

俺はサッと刀を抜くと、ズゥが膝から崩れ落ちる。

「な、何故……っ、ワシ……の……生涯をかけ……た……《オートタリスマン》が………

このような……若造にぃぃ……っ」

憎い仇でも見るような眼光を俺に向けてくる。そこへ、役目を終えたイズが降りてきたので、俺はスッと右腕を上げ、イズがそこへ降り立つ。

「!? そ、そやつはまさか――ワイズクロウ!? 何故そのような稀少モンスターまで!?」

愕然とするズゥに、俺は冷徹な視線をぶつけながら言う。

「答える義務はねえよ。そのまま朽ちれ、マッドジジイ」

ズゥが悔しそうに歯噛みしながら、胸を手で押さえた形で前のめりに倒れ、ピクリとも動かなくなった。

俺はそんなズゥを見下ろしながら軽く溜息を吐く。

まったく手間をかけさせやがって。けどまあ……アレを使うまでもなかったな。

それならそれでいいと思い、俺は十時たちがいるところへと急いだ。

「坊地くん、まひながっ!」

縋るように俺に泣きついてくる十時。

「ああ、分かってる。シキ、イズ、コイツでヨーフェルたちに」

俺は万能の特効薬である《エリクシル》の下位互換である《世界樹のエキス》が入った小瓶

をシキたちに渡す。

これならたとえ強力な毒でも無効化することができる。二百万円と、結構な額はするが、さすがにここで十時たちを見捨てるのは俺の美学に反していた。

受け取ったシキたちは、ヨーフェルたちに薬の投与をしている。ちなみにイズは「しっかりしなさい」と叱るように、ソルに対し薬を使っていた。

俺は、先にまひなに飲ませると、彼女の身体が淡く輝き、それと同時に苦しそうだった表情が一気に緩む。

「……ぁ……おねえ……ちゃん？」

「まひな!?　良かったぁ……ありがとうっ、坊地くん！」

「そんなことはいいから次はお前だ。飲めるか？」

「う、うん……あれ？」

どうやら痺れで両手が動かないようだ。

「仕方ねえな。飲ませてやるから我慢しろよ」

「え、あ、んん！」

俺は問答無用で小瓶を十時の口へと突っ込んだ。十時も最初は苦しそうだったが、ゴクゴクと音を鳴らせて薬を飲むと、次第に顔色が良くなっていく。

「……んはぁ。……もう、いきなり酷いよ、坊地くん」

「うるさい。それよりもう大丈夫だな?」

「うん。身体が楽になったよ、ありがとう。本当に凄いね、坊地くんは」

俺がぶっきらぼうに「別に」と答え、十時から離れようとした直後、十時の表情が一気に強張った。そして――。

「――危ない、坊地くんっ!」

俺の身体を抱きかかえるようにして押し倒してきた。

一体何事かと思い、うつ伏せになった俺は、上に乗っている十時に「いきなり何を――」と口にしてギョッとする。

何故なら、十時の背中にはびっしりと鮮血が広がっていたからだ。

「十時っ!?」

「おねえちゃんっ!?」

俺とまひなが、血に塗れている十時に声をかけ、その騒ぎに気づいたシキたちもまた驚いている。

「おい十時!　しっかりしろ、十時!」

「っ……坊地……くん」

「十時!　何でこんなことを……!?」

今まで素っ気なくしていた俺を、身を挺して守るなんてどうかしている。

「……良かったぁ」

俺が無事なのを確認すると、十時は辛そうだが確かに嬉しそうに微笑む。

「今度は……坊地くんを……守れたよ」

「……!? 十時……お前……」

「強くなる……って、自分にもう嘘は……つきたくない……から……だか……ら……っ」

「十時っ!?」

十時の意識がフッとなくなり身体が弛緩した。このまま放置すれば命に関わるだろう。

俺はすぐさま起き上がり、彼女を仰向けにして抱く。どうやら出血箇所は右胸周辺。その原因を作った存在を俺は睨みつける。

「キヒヒヒヒ……運が良かったのう、小僧?」

そこには普通に立ち上がっているドクター・ズゥがいた。

「お前っ……!」

どうやらまだ死んでいなかったらしい。しかもその手には、明らかに銃らしきものが握られていた。

「死ぬがよいわいっ!」

ズゥが俺に向けて再度発砲してくるが、シキが瞬く間に俺の前に立って、その銃弾を弾いた。

「ちぃ……厄介な進化モンスターめぇ……!」

鬱陶しそうに舌打ちをするズゥ。

また、復活したヨーフェルも、いつでも攻撃できるように、ズゥに向けて弓を引いている。

「キヒヒ、ワシが生きておるのが不思議か？　不思議じゃろ？　このワシはのう、これでも最高峰の錬金術師じゃ。生死などすでに超越しておるわい！」

そんな存在なんていない。コイツは神じゃないし、ただのエルフでしかない。

「…………その銃、大方警察関係者を攫って奪ったんだろ？」

別に回答なんて求めておらず、俺は無意識にそんな言葉を吐いていた。

「それにしても、もう少しで小僧を無力化できたものを。何の力も持たない無力な小娘め、邪魔をしおってからにのう。キヒヒ、まあよいわい。どうせその小娘も自分のした行為が無駄じゃったと知るじゃろう。無価値の行為こそ愚者の極み。黄泉の国で後悔するがよいわい。キヒヤヒヤヒヤヒヤ！」

……無価値の行為、だと？

「おにぃじゃんっ！　おねえじゃんが！　おねえじゃんがぁぁぁ！」

泣きじゃくるまひな。俺はそんな彼女の頭を優しく撫でつけ微笑を向ける。

「……まひな、お姉ちゃんは無事だ。ヨーフェル、十時を頼む」

俺はもう一つの《世界樹のエキス》を、近寄ってきたヨーフェルに渡す。即死でない限り、まだ十時は助かる。だからあとはヨーフェルに任せる。

　そうして俺は立ち上がり、シキの脇を通過して彼の前に立ち、銃を構えるズゥを観察した。

「……生死を超越？　ははは、そいつは凄いな。どういう原理か教えてもらいたいところだ」

　無表情のままそう尋ねると、ズゥは気持ち良さそうに破顔一笑する。

「キヒャヒャヒャ！　そうかそうか！　知りたいか！　ならば教えてやろう！　このワシの身体のほとんどは、すでに錬金改造しておるんじゃよ！」

「錬金改造？」

「そうじゃ！　見よこれを！」

　ズゥが見せつけるようにして白衣を脱ぎ、その下に隠されていた肉体を晒す。

　そして理解した。彼の身体の半分以上が機械化していることを。

「なるほど……自らをサイボーグ化したわけだ」

「これのお蔭で、ワシは半永久的に活動できるようになったわけじゃ！」

「つまり心臓の位置を変えたってことか？」

「さあ、それはどうかのう？」

　そこは答えてくれないようだ。でもまあいい。何故心臓を刺したはずの奴が生きているか分かったから。

「こうなった以上は、もう出し惜しみはせん！　小僧、お主は危険じゃ！　まずは殺す！　殺してからその不可思議な能力をじっくりと解明してやるわいっ！」

宣言しながらズゥは、またも《アイテムキューブ》から、今度は巨大なフラスコを取り出した。そして、何を思ったかそれを、家にしていたドームへと投げつけたのである。

フラスコがドームにぶつかって割れ、中に入った大量の液体が染み込んでいく。

すると、しばらくして、驚くことにドームがうねりを上げて動き始めたのだ。

それはどんどん大きく膨らみ、また形を変えて、気が付けば見上げるほどに大きな《錬金人形》と化していた。

その《錬金人形》に拾い上げられ、口の中へと侵入するズゥ。

「キヒャヒャヒャヒャ！　これこそワシの最強最大最高の切り札――《超錬金人形》じゃ！　見よっ、この美しい造形と！」

巨大なゴーレムが、その腕を軽く振り、近くにあった巨岩を粉砕する。

「この暴虐なまでの力をっ！　ワシに歯向かった者どもよっ、恐れ慄くがよいわいっ！　今からここがお主らの墓場になるんじゃからのう！」

上手いことを言ったつもりなのか、機嫌よくゴーレムの口の中で高笑いをしている。

「…………もういい」

俺が溜息交じりの声を出すと、ズゥが「はぁ？」と首を傾げる。

「お前はしちゃいけないことをした。だから……殺す」

「キヒヒ、殺すぅ？　どうやってじゃ！　この切り札は最強！　ワシにはもう死角などないわい！」

確かに硬そうなゴーレムの皮膚(ひふ)で守られているズゥを倒すのは至難の業(わざ)だろう。

しかし俺には小細工にしか見えなかった。

「……この手」

「あん？」

「この手が、そのくだらねえ玩具(おもちゃ)に触れただけで勝負は決する」

俺が右手を上げて答えるのを見たズゥは、不愉快そうに口を尖らせる。

「玩具だとぉぉ？　お主にはこの素晴らしい創造が理解できないのか！　ええい、気が変わった！　お主はぐっちゃぐっちゃのミンチにしてやろう！　覚悟するがよいわいっ！」

ゴーレムが、それこそ巨岩のような拳を振り上げ、俺に向けてハンマーのように振り下ろしてきた。

しかし振り下ろされた拳は、シキが難なくその両腕で受け止めていたのである。言われずとも仕事をする。さすがは俺の護衛役だ。

「殿を傷つけることは、万死に値する。――《爆手裏剣(ばくしゅりけん)》！」

触れると爆発する手裏剣がシキから放たれ、ゴーレムの身体に爆発ダメージが襲う。ただ自慢するだけはあるようで、ゴーレムの身体は無事そのもので終わる。

「鬱陶しいモンスターめぇっ！　やはり警戒するべきは、小僧よりもモンスターか！　ならまずはお主から潰してやるわいっ！」

そう言いながら、シキを捕まえようとするが、シキの忍者のごとき速度を捉えることは、残念ながら鈍重なゴーレムの身体ではできなかった。

「――――俺を無視とは、余裕だなジジイ」

「!? こ、小僧！」

「……ほら、もう辿り着いた」

シキと戦っている間に、俺は軽々とゴーレムの懐へ近づき、右手でその身体に触れていた。

「これで、今度こそ本当にお前の負けだ――ドクター・ズゥ」

「さ、触っただけで何を――」

直後、【赤間霊園】から、俺たちの姿は霧のように消えたのである。

※

瞬きするほどのごく短い時間の最中、ワシの視界が突如変貌した。

それまで見ていた景色とは違って、そこはまるで地下の牢獄のような場所だったのである。

地面はただただ平らに広がり、その先には、巨大な壁が周囲を覆っていた。かなり狭い。

《超錬金人形》が数歩も歩けば、端から端に行けるほど。しかしながら周りを隠すように覆っている壁が、さらに窮屈感を演出し、より狭く感じてしまう。

「こ、ここはどこじゃ？　何故いきなりこんな場所に？」

ワシは理解しがたい状況に戸惑い思考が止まってしまっていた。だが空から聞こえてきた声音に、どの人物によってこの状況が作り上げられたことに気づく。

「――――――こっちだ、ジジイ」

声の導きに従って上空に目をやる。そこは吹き抜けになっていて、蒼く澄んだ空が飛び込んできた。

ただ空だと確認できるものの、周りを囲む壁のせいで見える空の範囲が狭まっている。

何じゃこの壁は……高過ぎるし、とても登れんわい！

《超錬金人形》の何倍もの高さにある壁に覆われ、地下深い牢獄にでも落とされたかのよう。壁の向こうがどうなっているかが全く分からない。

そして唯一確認できる空の中央には、プカプカと浮かぶ本に乗った黒髪の少年がいた。

「お主っ、ボーチか！　ここはどこじゃ！　どうやってこの状況を作り出した！」

何とか回答を得ようと質問を投げかけるが、

「そんなの自分で考えろ」

まったくもって取り付く島もなし。しかしながら間違いなくこの状況が、こやつの仕業であることは理解できた。

「な、ならばこの壁を潰すまでじゃ！」

《超錬金人形》を動かして、壁に攻撃を繰り出させた。この《超錬金人形》の破壊力は巨岩すら一撃破壊できる。こんな壁など……。

「………そんな馬鹿な……っ!?」

切り札である《超錬金人形》の拳が破壊できたのは、壁のほんの僅かな表層だけだった。

ぶ厚い……それに硬過ぎる。一体何の材質でできておるんじゃ!?

普通の岸壁ではないことは明らか。

「くぅ……っ、ええい小僧！　ここから早く出すんじゃ！　さもないと――」

「さもないと？　どうするってんだ？」

氷のような冷たい声と視線がワシを貫く。

「言っただろ、お前はやっちゃいけないことをした。だから……殺す」

そのままグングン上昇していくボーチ。ほとんど見えなくなるまでの高度に達したボーチを見て、一体何をするつもりなのか分からなくなる。

というより何のために、こんな奇妙な場所に連れてきたのかサッパリだ。

だが次の瞬間に、ワシはすべてを理解させられてしまう。

一瞬だった。見上げていた空に、突如として黒々とした巨大な塊が出現したのである。

「………え？」

思わずポカンと口を開けたままに声を上げてしまったワシは、現状の理解に苦しんでいた。

しかも、次第にその塊が大きくなっていく。そこでようやく察する。

遥か上空に現れたものは、信じられないほど巨大な〝岩の塊〟だと。

それがここ、ワシがいる場所目掛けて物凄い速度で落下してきている。

「なっ、なななななななななぁぁぁぁぁぁぁぁぁぁっ!?」

あんな質量のものが落下したら、こんな小さな陸など粉微塵に潰される。そしてそれはその上に立つワシも同様。さすがに《超錬金人形》でも耐えられない。ともに圧壊されるだけ。

いくら機械化した身体とはいえ、どう考えても生き残れる状況ではなかった。

ワシは確実な死が、すぐそこまで近づいていることを察し、

「ま、まままま待ってくれぇぇぇっ！　ワ、ワシが！　ワシの負けじゃ！　素直に認めるっ！　認めるから殺さないでくれぇぇぇぇぇぇっ！」

必死に声を上げ、ボーチの耳に届くことを祈った。

すると――。

「――人の痛みを知らない奴を、俺は決して許さねえ」

ハッキリと空から聞こえた憤怒を込めた言葉。

………………間違っておった。ワシが……間違っておったのじゃ。もっと警戒すべきじゃった。

あんな若造……ワシならどうとでもなると。

何故ならワシは、誇り高きエルフの民の血を引く者。その中でも稀有なスキルを持つ存在であり、頭脳明晰で至高の錬金術をも修めている。

そんな孤高の存在であるワシの十分の一も生きていない若造に後れを取るわけがないと高をくくっていた。

ワシは、どんどん迫ってくる岩に恐怖と死を感じながら、ガチガチと震える身体と戦っていた。

「一体奴は……何者……？」

自分よりも強いであろうモンスターを従え、ワシしか解毒できないはずの毒から仲間を救い、一瞬にしてワシを異なる場所へと引き込み、どこからともなく信じられないほどの巨岩を出現させる。

そのすべてが理解できなかった。

……ボーチ・ヒロ。このような奴が異世界におったとは……！

「ワシは……いずれ真理を紐解き、神と同等の領域に至る存在……！　このようなところでぇえぇっ……！」

野望を叶えるため、古代人が遺した数少ない文献から《錬金術》を学び、これまで自分の思い描いた通りに進んできたものを……。

ワシの錬金術は、古代人が扱った本物とは別種。しかしレプリカでも、ワシほど古代人に近づいた者はいないはず。

そしていずれ、ワシは本物の《錬金術》を手にできた。そうだ。スキルの実態を見抜くことができれば必ず、その道に至れたはずだったのである。

この異世界での経験もまた、その輝かしい道に至るための一歩に過ぎなかった。

それなのに――。

「んむぅぅぅっ、忘れぬぞ……忘れぬぞぉ、その名前ぇぇえっ！　ボーチ・ヒロォォォォォォオオオオオオオオオオッッッッ！」

直後、ワシの視界はブラックアウトした。

※

俺は《ジェットブック》に乗りながら、海の上に大きく空いた穴を見下ろしつつ、ふぅっと息を吐いた。落下させた岩によって空いた穴は、すぐに海水が流れ込んで、再び元の海面へと戻る。

「終わりましたな、殿」

隣に立つシキの声に「ああ」と答える。

正直、この作戦を使うとは思わなかった。一応準備はしたものの、だ。

ズゥと戦う前に、もしかしたら最大規模の攻撃力が必要になるかもと思い、念のために用意はしておいたのである。

海の上に購入しておいた、最安値の小さい無人島を設置し、その周囲を硬度の高い土壁で覆ったのだ。これで脱出は空からしかできなくした。

ズゥに触れて《テレポートクリスタル》で、この無人島に転移し、俺はすぐさま上空へと上がり、真下にある無人島目掛けて岩をぶつけた。

当然この岩も、事前に購入して《ボックス》に入れておいたのである。

「しかし殿が、あれほど熱くなられるとは少々驚きましたな」

「……別に」

俺だってよく分からない。ただ俺を庇って傷ついた十時を見た時、頭の中が一気に沸騰した。

その原因を作った奴を、ぶっ殺してやりたいと思ったのである。

今にして思えば、何故そこまで激昂したのか分からない。ただ十時の命懸けの行いに対し、無価値だと断じたことが許せないと心から思っただけだった。

「……帰るか」

《テレポートクリスタル》を使用して霊園へ戻ると、薬で元気になったヨーフェルたちが駆け寄ってきた。

「主様、お疲れさまでしたわ」

最初にイズが労ってくれて、「イズの歌には助かったぞ」と返しておく。

「ぷぅぅ～、ご主人……今回はいっぱい失敗したですぅ。ごめんなぁい……」

あまり活躍できなかった様子のソルには、慰めるように頭を撫でてやる。すると、すぐに表情を変えて嬉しそうに鳴いている。そんなソルを見て、イズは羨ましそうではあるが。

「マスター、ドクター・ズゥは？」

「海の藻屑と化したよ。ヨーフェルも任務ご苦労さん。イオルも頑張ったな」

イオルの頭も撫でてやると、若干照れ臭そうに頬を緩める。

そこへまひなと手を繋いだ十時がやってきた。

「怪我はもう大丈夫のようだな」

「坊地くん………ごめんね」

「は？」

「また……迷惑かけちゃった。やっぱり……足手纏いだったね、わたし」

意気消沈する十時を見て、まひなが心配そうな目を向けている。

俺は大げさに溜息を吐いて肩を竦めると、

「やれやれだな。お前、今のこの状況が分からないのか？」

「……え？」

「誰か一人でも欠けているか？」

「えっと……ううん」

「全員無事。それでいて目的のまひな救出作戦は成功した。何か落ち度でもあるか？」

「そ、それは……でも……」

「……はぁ。お前の悪いところは、一つのことにこだわり過ぎて周りが見えなくなることだ。結果良ければ過程なんて気にするな」

実は後者の言葉は、亡くなった父が良く言っていた言葉でもあった。

「坊地くん………本当にありがとう」

「あいあとぉ、おにいちゃん！」

姉妹揃って律儀に頭を下げてくる。俺は苦笑を浮かべつつ、「戻るぞ」と一言添えて、皆で【赤間霊園】を後にした。

イズとソルは島に帰し、俺たちは十時の姉が待つ病院へと戻った。

意識がなかった姉だったたが、戻る頃には起きていて、まひなの姿を見て嬉々とするものの、今度は俺の姿を見ると、何があったのか事情を求めたので説明をすることになった。

「――――そう、坊地くんがまた助けてくれたのね。それにヨーフェルさんたちも。……本当に何てお礼を言っていいか。ありがとうございました」

人殺しの俺に思うところがあるはずなのに、しっかりと頭を下げてくるあたり、良識ある人なのだろう。

「じゃあ詳しいことは十時から聞いてください。俺たちはお暇します」

もうここにいる理由がないので、さっさと退出することにする。あとは担当の福沢先生に任せれば、十時の姉も問題なく退院することができるだろう。

「待っ……！」

十時が声をかけようとするが、思い直したように口を噤む。だが直後、

「ええー！　おにいちゃんもいーちゃんもどこいくのー!?」

まひなが不満そうに声を上げ、俺とイオルの手をギュッと握った。

「いなくなっちゃやだぁー！」

あれほど怖い思いをしたせいか、絶対離さないといった意思が伝わってくる。

さすがに無理矢理解くことができない。困っていると、イオルがポンポンとまひなの頭を撫でて、優しく語りかけ始めた。

「まーちゃん……またくる……から」

「いーちゃん……」

泣きそうなまひなに、「……これ」と言って、前にあげた種を手渡した。

「これさえあれば……またまーちゃんをまもってくれる。これさえあれば……ぼくはすぐに

……まーちゃんのとこへいけるから」

「……ほんと？　おにいちゃんも……またきてくえゆ？」

「……ああ。こうしてまた会いにきただろ？　まーちゃんが寂しい時、助けてほしい時はまた来るからな」

こうしてまた約束させられるとは、この子は小さいながらも本当に魔性の女の子だ。将来が怖い。

「じゃ、じゃあ、ゆびきりっ」

イオルと一緒に、まひなと指切りをすると、彼女は嬉しそうに笑う。

俺は十時を一瞥（いちべつ）すると、そのまま声をかけることなく病室から去った。

※

「……いいの？」

わたしが閉じられた病室の扉をぼうっと眺めていると、不意にお姉ちゃんが尋ねてきた。

「な、何が？」

「……何か話したいことがあったんでしょう、彼と？」

「それは……でも、もう坊地くんの用事は終わったから」

「はぁ……本当にあなたはそんな性格をしているわね。遠慮は美徳でもあるけれど、たまには強引に思いを伝えることも必要よ？」

そんなことを言われても、これ以上、坊地くんの時間を奪うようなことはしたくない。これ以上迷惑をかけて嫌われたくないのだ。

「……行ってきなさい」

「え？」

「こんな世界よ。次に会えるのがいつになるのか分からないわ。また事件に巻き込まれても、都合よく彼が助けに来てくれるとも限らない。それでいいの？」

「…………そんなの嫌だよ」

彼ともう会えないなんて嫌だ。恩ばかり増えていって、何もせずに縁が切れるなんて我慢できない。

「なら、ちゃんと縁を繋いでおきなさい」

「お姉ちゃんこそ、いいの？　あまり坊地くんのこと、良く思ってなかったのに」

「あら、家族を何度も救われて考えを変えないほど凝り固まっていないわよ？　私も、これから彼に恩を返せるように必死に動くつもりだもの。だからそのためにも、ね？」

ウィンクをして、わたしを促してくるお姉ちゃん。

そっか……そうだよね。このまま何もしないのは、やっぱりダメ！

わたしは、まひなをお姉ちゃんに任せると、その足で扉を開けて坊地くんを追った。

病院を出てすぐ、彼の後ろ姿を確認し声をかけた。

「―――坊地くんっ！」

「……十時？　まだ何か用か？」

相変わらずの、わたしに興味なさそうな返事。心が折れそうになるけれど……。

わたしは深呼吸をして、そしてこの想いを真っ直ぐ伝えることにする。

「わたしは―――坊地くんが好きですっ！」

本当はこんな状況で言うようなことじゃないかもしれない。

でも……もう自分の心を偽りたくなかった。あの時だってそうだ。

ズゥさんが坊地くんを殺そうとした時、わたしは大好きな彼を失いたくないからこその行動だったのだから。

「…………は？」

彼が、わたしの告白に対し目を丸くする。そんな彼の表情を見るのは非常に久しぶりだった。

まだ王坂(おうさか)くんと敵対する前、何度か話した時に見せてくれた感情豊かな顔。

「十時……お前一体何を……？」

明らかに狼狽(ろうばい)している様子の彼が、少し面白かった。

でもそれ以上に、告白したわたしの胸の中は音が聞こえるほど心臓は高鳴っているし、全身

が火で炙（あぶ）られたように熱い。

「わたしは、坊地くんの強さに憧れてます。誰にも屈しないその心に惹（ひ）かれています！」

「あ、憧れ……？　あ、ああ……何だ、そういうことか」

何故かホッと安堵（あんど）するように息を吐く彼だが、わたしはそのまま続ける。

「だからいつか……わたしはあなたみたいに強くなる。強くなったわたしを見せたい！　だから……だから、わたしにあなたとの繋がりをくれませんか！」

……言ってしまった。これで断られてしまえばと思うと怖くなる。

それでもわたしは、彼の答えを待つ。震える身体（からだ）で、挫（くじ）けそうになる心で。それでも目を逸（そ）らさずに立つ。

「…………はぁ。本当にしつこい奴だな、お前は」

長い沈黙の後、坊地くんがその答えを示す。そしてあるものを取り出し、それをわたしに向かって放り投げてきた。

わたしはそれを「あわわ!?」と慌てながら受け止めて、それを確認する。

「これって……鏡？」

見たところ、銀箔（ぎんぱく）に包まれた普通の鏡のようだった。

「そいつは《文字鏡（もじかがみ）》。そこに指で文字を書いてみろ」

言われたように、鏡に人差し指でなぞってみると、まるで黒板にでも書いているみたいに軌跡が映し出された。

「そこに文字を刻むことで、この俺が持つ別の《文字鏡》にその文字が反映される。まあ一種のメッセージツールみたいなもんだ」

いつの間にか坊地くんも同じような鏡を持っていて、それをわたしに見せつけてくる。そこには確かにわたしが書いた文字が刻まれていた。

電話が使えないこの世界においては、確かに便利な連絡手段であろう。

「これ……もらっていいの？」

「しょうもない連絡はしてくるなよ。……まあ、暇だったら付き合ってやるよ」

そう言いながら彼は不愛想に踵(きびす)を返す。

わたしは彼からもらった《文字鏡》を両腕で大事に抱きしめる。

「うん。大切にする。坊地くんとの繋(つな)がり」

「……それと、だ」

「え？」

「あの時、庇(かば)ってくれて助かった。……ありがとな」

彼はそう言うと、速足で病院から去っていった。

「坊地くん………えへへ。また会おうね」

今度は前みたいに不安はない。だって自分の想いは、確実に彼へと届いたのだ。そしてそれは形となって現れた。

まだ完全には心を許されていないかもしれないが、それでも過去を思えば、わたしにとっては、とても大きな一歩だった。

だから頑張れる。強くなれる。

わたしは満面の笑みを浮かべ空を見上げると、雪が降ってきた。

早くお姉ちゃんたちがいるところに戻ろう。そしてこの抑え切れないくらいの嬉しさを言葉にしよう。

そう思い、わたしは強く大地を蹴った。

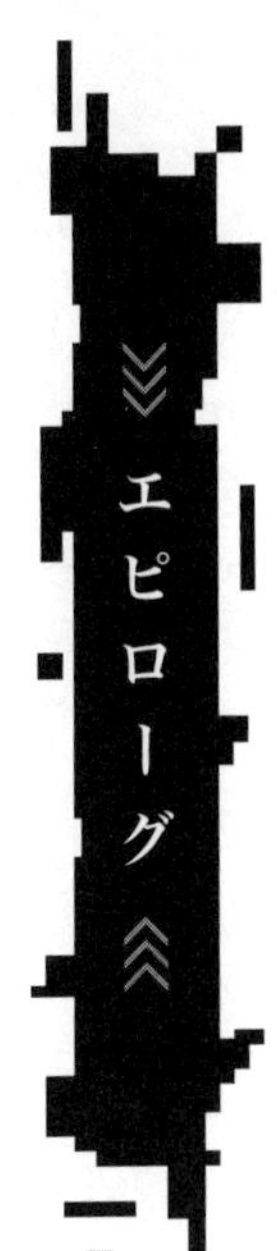

「…………あ～、今回は出費が多かったなぁ」

拠点である【幸芽島】の自宅へと戻った俺は、ベッドに横になり大きく溜息を吐いていた。

今回の事件に関しては、本当にメリットは少なかった。

というより金銭的に得られたものはゼロ。にもかかわらず、ファンタジーアイテムはたくさん使ったし労力だってずいぶんと消費した。

ただ本来なら、こんなリスクだけしかない仕事のあとは不満しかないのだが、何故かそれほど苦に思っていない自分がいることが不思議だった。

まひなを救出し、彼女の無事な姿を見て、「まあ、いっか」と落ち着いた気持ちなのだ。その思いの源泉がどこにあるのか、今の俺にはまだ分からないが。

しかしまあ、金儲けに勤しむ俺にしては良くない動きだったのも確か。

「今後はもっと引き締めて金稼ぎしねえとな」

それに……と、懸念材料もまたある。

それは異世界人の到来について、だ。

ヨーフェルたちに、今回のドクター・ズゥ。これから次々と、異世界人たちが召喚されてくることは想像に難くない。もしかしたら今も、世界の各地でぞろぞろと出現している可能性だって高い。

そんな中で、ズゥのような、利己的でヤバイ奴らが大勢現れたらと考えると、本当に頭を抱えてしまう。

あんな連中に、もし俺の生活圏に入られてしまったら、間違いなく厄介事に直結するだろう。そうなればまたタダ働きになる。

飛んでくる火の粉を払うのは自己責任だとしても、その度に出費しているようじゃ頭が痛くなる。

神と称される世界樹ユグドラシルに、古代人が扱ったとされる《錬金術》。何よりもスキルの存在と意味とは……。

ズゥが言っていたことは、少なからず俺の脳内に刻み込まれていた。

「いろいろ情報を集めねえとな」

異世界人が現れることは止められないだろう。だが先回りして、そいつらがどんな奴かは調査することができる。

今回みたいに時間に猶予がなければどうしようもないが、それでも最善に行動すれば、幾らかマシにはなるはずだ。

俺の居場所を奪おうとする奴は、どんな奴だって許さない。

「……にしても、さっきの十時にはビックリしたな」

いきなり好きだと告白されて思考が止まった。もちろん今まで誰かに告白なんてされたことはない。あんな真正面から、大声で好きだなんて初めて言われた。

「ま、まあ……異性としてじゃなく、憧れの対象だったみてえだけどな」

男女の好きではなく、いわゆる憧憬による好意だと分かって安堵した。

そのことをヨーフェルに言うと、「マスター、本気で言ってるのか?」と何故か呆れられたが。

「けど何で渡しちまったんだろうなぁ」

連絡用の《文字鏡》。別に渡す必要はなかった。十時とは、今後も親しく付き合うつもりはなかったからだ。それなのに……。

「……分からん」

この気持ちがどこから来るのかも、俺には理解できなかった。ただ自分らしくない行動ではあるが、特に不快感がなかったことに驚いているのも確かである。

俺は身体を起こして窓へと移動する。そこからは、シキとヨーフェルが訓練している姿が見える。

またイズは、モンスターたちに厳しく指示を出しており、ソルは冷蔵庫から出したマッシュポテトをイオルと一緒に食べている。

確かな平和がここにはある。きっとこれが幸せというものなのかもしれない。

親父たちが生きていたら、一緒にここに住みたかった。

俺はそんな光景を見ながら頬を緩める。

「守る。この場所は、俺の守るべき大切な場所だからな」

そしてソルたちもまた、俺にとって大切な存在だ。

たとえどんな障害が立ち塞がったとしても、ここにいる家族となら乗り越えていけるに違いない。

そう確かな信頼が、この島には存在する。

俺の新しい居場所。家族が息づくこの場所を守る。

そうして死ぬまで、楽しくスローライフを送るのだ。

「それが俺の夢、だしな」

日本とは違う暖かな日差しを浴びながら、俺は改めて決意をするのだった。

あとがき

皆様、こんにちは。十本(とおもと)スイと申します。

喜ばしいことに、【『ショップ』スキルさえあれば、ダンジョン化した世界でも楽勝だ　～迫害された少年の最強ざまぁライフ～】の第四巻が発売されました。

さて、今巻ですが、半分以上が書き下ろしとなっており、ＷＥＢとはまた違った展開が盛りだくさんで、非常に楽しめる一冊になっているかと思います。

第一巻で登場した十時恋音(とときこいね)と再会する日呂(ひろ)。この二人が会えば、やはり何かしらのトラブルが起こってしまうようです。

しかも恋音の妹である、めちゃくちゃ可愛(かわい)い十時まひなの隠された秘密が明らかに……。

またこの第四巻では、ダンジョン化に引き続き、驚くべき現象が地球に降りかかります。

それは――――異世界人の到来。

そして今巻の〝ざまぁ〟相手の敵役(かたきやく)もまた異世界人だったりします。

しかし日呂は、持ち前の頭脳と《ショップ》スキルを駆使して、困難を乗り越えていきます。

さらに日呂の夢の一歩が明らかにもなりますので、是非楽しみにして頂けたらと思います。

最後に謝辞を述べさせて頂きます。

本作を出版するに当たって尽力して頂いた大勢の方たちには、心から感謝しております。

夜ノみつき先生に描いて頂いたファンタジー世界の住人もまた、驚くほど美麗で、ついつい
しばらく眺めていたくなるほどでした。いつもイラストに全霊を込めてくださって、本当にありがとうございます。

またWEB版から支援してくださっているファンの方々や、実際に本を手に取ってくださった方々にも感謝しております。

いよいよコミカライズも始動するということなので、待ちに待って頂いていた方には喜んでもらえるのではないかと思います。

新たな年が始まり、僕もさらに飛躍していけるように、今後もいろんな物語を生み出していきたいと思っております。

ではまた、是非皆様にお会いできることを祈っております。

そして皆様が素晴らしき本に巡り合えますように。

この作品の感想をお寄せください。

あて先　〒101-8050　東京都千代田区一ツ橋2-5-10
集英社　ダッシュエックス文庫編集部　気付
十本スイ先生　夜ノみつき先生

ダッシュエックス文庫

『ショップ』スキルさえあれば、ダンジョン化した世界でも楽勝だ4
～迫害された少年の最強ざまぁライフ～

十本スイ

2022年1月30日　第1刷発行

★定価はカバーに表示してあります

発行者　瓶子吉久
発行所　株式会社　集英社
〒101-8050　東京都千代田区一ツ橋2-5-10
03(3230)6229(編集)
03(3230)6393(販売／書店専用)　03(3230)6080(読者係)
印刷所　凸版印刷株式会社
編集協力　梶原　亨

ISBN978-4-08-631456-5 C0193

2022年 YJC ダッシュエックスコミックス
1月刊 大好評発売中!!
DASH X COMIC INFORMATION
闇堕ち勇者の最凶復讐劇!
魔王を倒し世界を救ったはずの勇者ラウルは、貴族たちに裏切られ、偽りの罪で処刑された。だが女神の力で復活し、復讐に乗り出した!!
復讐を希う最強勇者は、闇の力で殲滅無双する⑥
[原作] 斧名田マニマニ [漫画] 坂本あきら
[コンテ] 半次 [キャラクター原案] 荒野
慕われ、報われ続ける最高のサクセスライフ!
神が驚くほど善人だった前世のおかげで貴族の息子に転生! 最強の魔力と豊富な知識ですべての期待に秒で応え、光速で立身出世!
善人おっさん、生まれ変わったらSSSランク人生が確定した⑤
[原作] 三木なずな [漫画] ゆづましろ [キャラクター原案] 伍長
水曜日はまったり ダッシュエックスコミック
ニコニコ漫画にて大好評配信中!!
水曜日はまったりダッシュエックスコミック で検索!